Ädwin J. Churchfield
everyday

AF199645

Ädwin J. Churchfield

everyday

Roman

Bibliografische Information der Deutschen Nationalbibliothek:
Die Deutsche Nationalbibliothek verzeichnet diese Publikation in
der Deutschen Nationalbibliografie; detaillierte bibliografische
Daten sind im Internet über http://dnb.dnb.de abrufbar.

© 2018 Ädwin J. Churchfield

Herstellung und Verlag: BoD – Books on Demand, Norderstedt

ISBN: 978-3-7481-3897-6

03:38

Der rote Fleck an der Decke wurde langsam deutlicher. Er leuchtete wie eine Signalboje in einem tiefen, dunkelblauen Meer aus Nichts. Adam war noch gar nicht wieder bei vollem Bewusstsein und zu kraftlos, um sich den Schlaf aus den Augen zu reiben, geschweige denn nach seiner Brille auf dem Nachttisch zu tasten. Es war, als ob sein Geist schon wach war, obwohl sein Körper noch schlief. So wartete er einfach die Sekunden ab, in denen sich sein Blickfeld aufklärte und der rote Fleck sich langsam in die Uhrzeit verwandelte. Sie wurde von seinem Radiowecker mit Projektionsteil an die Schlafzimmerdecke gestrahlt. Seine Kurzsichtigkeit überbrückte Adam, indem er die Augen zusammenkniff, wobei er die Körnchen in ihnen spürte.

Er war tatsächlich eingeschlafen. Eine Sache, die in den letzten Wochen so gut wie gar nicht mehr passierte. Adam überlegte, dass er das letzte Mal kurz nach Mitternacht den

Wecker kontrolliert hatte. Dieser Gedanke war für ihn noch so anstrengend, dass er ihn beinahe nicht hätte zu Ende führen können. Folglich hatte er immerhin gute drei Stunden geschlafen. Um eine spürbare Art der Regeneration herbeizuführen, war dies allerdings eindeutig zu wenig. Adam fühlte sich genau so müde wie immer oder besser gesagt, solange er sich zurückerinnern konnte. Er hätte nicht mehr sagen können, wann es angefangen hatte. Es war irgendwann unbemerkt über ihn gekommen, die Übergänge waren verschwommen. Er wusste nur, dass es ihn eigentlich gar nicht groß gewundert hatte, dass *diese* Sache in seinem Leben jetzt auch nicht mehr funktionierte. Und so nahm Adam es einfach hin. Genauso, wie er es hingenommen hatte, dass für ihn jeder Tag zum selben geworden war. Ein Leben wie am Fließband. Wie in diesem einen Film mit Bill Murray, irgendwas mit einem Murmeltier oder so. Sein Leben war zu einem zähen Matsch geworden, in dem er hilflos versank. Wie in einem Sumpf. Sein ungeliebter Job, sein monotones Privatleben, den langsamen, aber stetigen Verlust seiner meisten Freunde und das Scheitern seiner Beziehung, das er erst bemerkte, als es schon längst geschehen war. Den Tod seines Vaters nach langer Krankheit im letzten Jahr und die Einweisung seiner Mutter in ein Pflegeheim, die das Ableben ihres lieben Mannes psychisch einfach nicht verkraftet hatte. Das alles führte dazu, dass Adam sich an manchen Tagen beinahe wünschte, nicht mehr aufwachen zu müssen. Dass dieser Wunsch ausgerechnet durch Schlaflosigkeit in Erfüllung ging, hatte er sich so allerdings nicht vorgestellt.

Schlaflosigkeit ist eine zermarternde Bekanntschaft. Man spürt die Müdigkeit die ganze Zeit, kann sich nicht konzentrieren, ständig ist einem kalt und man hat andauernd das Gefühl, sich mal eben kurz hinlegen zu müssen, aber schlafen geht trotzdem nicht. Man hat einen anstrengenden Tag hinter sich, ist abends total ausgelaugt und müde, legt sich ins Bett oder auf die Couch, macht die Augen zu und schläft *nicht* ein. Aber die Müdigkeit ist da. Und mit der Zeit wird sie permanent. Irgendwann überrascht es einen dann bei der Arbeit, beim Geschäftsessen, bei Verabredungen oder bei zweihundert Sachen auf der Schnellstraße, leider nur nicht, wenn man es darauf anlegt.

Adam hatte es aufgegeben, sich in seinem Bett erfolglos von links nach rechts zu drehen und probierte stattdessen, sich die Zeit irgendwie sinnvoll zu vertreiben. Aber etwas wirklich Produktives zu machen war nahezu unmöglich. Ein Buch zu lesen, zum Beispiel. Er konnte sich einfach nicht richtig konzentrieren. Die Buchstaben verschwammen vor seinen Augen. Also endete es meistens vor dem Fernseher und dies alles andere als befriedigend oder erfüllend. Sich einfach irgendwie berieseln lassen. Im TV liefen zu dieser späten Stunde nur irgendwelche Wiederholungen von Wiederholungen, oder billige Erotik-Call-in-Shows, die Adam einfach zu peinlich fand, um sie sich anzusehen. Bei Sitcoms oder Soap Operas musste sich Adam immerzu fragen, wie wohl die vierte Wand aussah. Ein Telefon klingelte immer nur dann, wenn es gerade passte, oder wenn gerade jemand den dreiwändigen Raum verlies. Und über gezwungene Comedy konnte er auch nicht mehr lachen. Quizshows fand er langweilig. Leuten dabei zuzusehen, wie sie auf Stühlen saßen und Fragen beantworteten. Und die anderen sogenannten Unterhaltungsshows fand er alle niveaulos. Menschen, die sich unterhielten. Menschen, die ihn nicht interessierten. Warum sollte er reichen Leuten dabei zugucken, wie sie ihm etwas vormachten? Sogenannten Prominenten. Spielerfrauen. It-Girls. Kindern von Filmstars. One-Hit-Wonders. Ihnen dabei zugucken, wie sie noch reicher wurden.

Dokumentationen hatte Adam gemocht. Mehr zu erfahren über das Universum, den Planeten und seine Bewohner. Dinosaurier. Oder historische Sachen – diese bekloppten Pharaonen in Ägypten. Reportagen über Tiere. Tiere, die er noch nie gesehen hatte. Über den putzigen Honigdachs aus Afrika, über den australischen Cassowary oder den Echidna. Über Insekten und Vögel, bis hin zu Fischen und den unergründlichen Tiefen der Meere. Bis er sie alle kannte. Bis es ihm zum Hals raushing. Bis auch da nur noch Wiederholungen kamen und er sie alle schon so, oder so ähnlich, gesehen hatte. Adam wusste, dass bei den Tüpfelhyänen die Weibchen nicht nur das Sagen hatten und größer waren als die Männchen, sie hatten auch eine erigierbare, hervorstehende Klitoris, wie einen Penis. Er wusste, dass Embryos der Sandtigerhaie sich bereits in der Gebärmutter gegenseitig auffraßen, bis nur der Stärkste von ihnen tatsächlich das Licht der Welt erblickte. Er hatte gesehen, wie ein Pavian – ein Affe, von denen er immer gedacht hatte, sie seien Pflanzenfresser – einen Flamingo riss. Er konnte es nicht fassen, als er sah, wie ein Pavian eine junge Gazelle überwältigte und anfing sie aufzufressen, ohne sie jedoch dabei zu töten. Das noch lebende Gazellenbaby schrie bei jedem Bissen des Affen auf. Heulende Polarfuchsjunge hätte er an ihrem Ruf erkennen können. Scheiß Stockfische! Die scheiß Reportage hatte er drei Mal gesehen! Im Fernsehen gab es nichts mehr für ihn.

Also ging es von der Glotze zum Computer. Aber auch das große weltweite Netz hat einem an Informationen irgendwann nichts mehr zu bieten. Das macht sich bemerkbar, wenn man anfängt, bereits gelesene Artikel erneut durchzugehen, weil die Nachrichten nicht schnell genug aktualisiert werden. Außerdem hatte Adam das, was ihn wirklich interessierte, sowieso schon am Laptop in seinem Büro gelesen. Aber zum Glück gab es noch Porno. Da gab es wenigstens was zu gucken, mit dem man die Zeit rumbekam. Und nachdem man die ersten Schuldgefühle überwunden hatte, ging es auch gleich viel leichter von der Hand. Im wahrsten Sinne des Wortes. Manchmal wieder und wieder.

Dass es zu viel wird, erkennt man daran, dass man die üblicherweise anonymen Pornodarstellerinnen auf einmal alle beim Namen kennt und auseinanderhalten kann. Titty Towers, Ophra Open, Tata Tasteme, Gertie Getsome, Heather Heaven, Cara Creampie… und was sie sonst alle für einfallsreiche Namen hatten. Wenn man weiß, welche Darstellerin für was zu haben ist und für was nicht. Softcore, Hardcore, Lesbian, Toys, Anal, Doublepenetration, Fisting, Analfisting, Lactating, Squirting, BDSM. Dass man überhaupt weiß, was so was ist. Was BDSM ist. Was POV bedeutet. Was eine MILF ist. Dass BBC in diesem Fall *nichts* mit der »British Broadcasting Corporation« zu tun hat. Hätte es eine Quizshow über Porno gegeben, *die* hätte

Adam sich angeguckt. Wenn nicht sogar mitgemacht. Die Million wäre ihm auf jeden Fall sicher gewesen.

»Welche der vier genannten Pornostars hat die größten Warzenhöfe?«, würde der Quizmaster fragen.

Adam wüsste es.

»Wie ist der Name der Pornodarstellerin, die es in einer Szene auf 27 Squirts brachte?«

Adam wüsste es.

»Welche Darstellerin erlangte in der Pornoindustrie ungewollte Berühmtheit, weil sie bei einem Doubelfisting einen Dammriss erlitt?«

Und Adam wüsste es.

»Herzlichen Glückwunsch Adam, hier ist Ihre Million!«

Man merkt, dass es zu viel wird, wenn man auch in der unerschöpflichen Flut von Pornos im Internet nichts Neues mehr finden kann. Wenn man darauf wartet, dass eins der bekannten Pornostarlets endlich eine neue Szene online stellt, weil man ihre alten Sachen schon alle kennt. Es wird zu viel, wenn der Penis schon gar nicht mehr richtig steif wird und so schlaff in der Hand liegt, wie man selbst vor dem Monitor hängt. Man weiß, dass es definitiv zu viel wird, wenn man an einem Montag mit schmerzendem Genital im Büro sitzt, weil man sich am Wochenende zu oft einen von der Palme gewedelt hat. Wenn die Vorhaut geschwollen, dick und rot ist und der Penis wie etwas aussieht, was man normalerweise beim Metzger an der Theke kaufen würde oder besser gesagt, *nicht* kaufen würde. Irgendwann fragt man sich einfach, wie tief man noch sinken und wie erbärmlich es noch werden kann, oder ob man wirklich schon zum letzten Loser geworden ist.

Adam fragte sich dies zumindest. Er wusste einfach nichts anderes mit sich anzufangen. Er konnte es einfach nicht. Noch mal die Wohnung verlassen und in die kalte Nacht hinaus? Anfangs hatte er sich ein paar Mal dazu durchgerungen, nur um dann lethargisch durch eine schlafende Stadt und über verlassene Straßen zu wandern. Ziellos an verschlossenen Türen vorbei zu schlurfen. Wo sollte er auch hin? Jede Nacht nach der letzten offenen Bar suchen? Schweigend neben alten, angetrunkenen Männern sitzen? Adam war doch gerade mal fünfundzwanzig. Und er hatte schnell herausgefunden, dass es unkomplizierter und vor allem billiger war, sich einfach zu Hause zu betrinken. Außerdem war es gegen seine Natur. Gegen seine strenge Erziehung, sich irgendwo die Nächte um die Ohren zu schlagen. Seine Eltern hatten Adam erst spät bekommen, hatten schon gar nicht mehr mit Nachwuchs gerechnet, um dann ihre ganze Lebensweisheit in seine Formung zu stecken. Bodenständige, pflichtbewusste Menschen. Im Grunde war das für seine Erziehung gar nicht schlecht gewesen. Adam hatte eigentlich immer ein gutes Verhältnis zu seinen Eltern.

Also lag er die meisten Nächte einfach im Bett, hörte dem unendlich lauten Tropfen des Wasserhahns im Badezimmer zu, das endlos durch die leere, kalte Wohnung zu hallen schien, und dachte nach. Aber zu viel Nachdenken bekommt einem auch nicht. Man fängt an, Dinge zu hinterfragen. Was war alles schiefgelaufen und warum? Oder man erinnert sich an Sachen, die man hätte anders, einfach besser machen sollen. Und davon gab es jede Menge in Adams

Leben. Man macht sich Gedanken über »was wäre gewesen, wenn?« und »was wird einmal sein?«. Und manchmal, sind diese ganzen Gedanken nicht gut für einen. Manchmal *bekommen* sie einem nicht. Wenn man aber so viel Zeit hat, wie Adam in seinen schlaflosen Nächten, kommt man auch nicht davon ab.

Adam wusste nicht, warum und wie ihm sein Leben entglitten war. Wann er das Glücklichsein verloren hatte. Oberflächlich betrachtet hatte er keinen Grund sich zu beschweren. Eigentlich war er doch ein Durchschnittsbürger mit einem Durchschnittsleben, so wie viele Millionen andere auch. Es lief in geregelten Bahnen ab, Adam hatte seinen Job, in dem er für sein Alter gut verdiente, hatte eine überdurchschnittliche Wohnung, für die er manches Kompliment bekam, und war doch ein passabel aussehender Kerl. Aber ist es das, worauf es ankommt?

Adam fehlte irgendetwas. Das konnte doch nicht alles gewesen sein. Er war einfach nicht zufrieden, einfach nicht mehr glücklich. Er hatte sich oft gefragt, was es war, das ihm fehlte. Er hatte mehrere Möglichkeiten durchdacht und unendlich viele Szenarien im Kopf durchgespielt. Und er war sich sicher, dass ihn auch das ganze Geld der Welt nicht glücklicher gemacht hätte. Jedenfalls nicht auf lange Sicht. Und ob ihn die utopische Liebe seines Lebens aus dem Teufelskreis befreien konnte, wagte er auch nicht zu glauben, waren seine Erfahrungen dahin gehend eher von dürftiger Natur.

Natürlich hatte Adam die Ursache für sein Befinden immer bei sich gesucht, aber er hatte sie nicht gefunden. Er hatte sich an so vielen Tagen vorgenommen, sich endlich zusammenzureißen, endlich aus seiner Apathie auszubrechen, hatte es aber alleine nie geschafft. Im vergangenen Jahr war er ganz unten gewesen. Ob der Auslöser der Tod seines Vaters und die damit verbundenen Umstände waren, oder die Trennung von Melanie, konnte er nicht sagen. Vielleicht war *Es* sogar schon vorher da gewesen und somit selbst die Ursache für so manche Folgen. Adam wusste es nicht. Die schwarze Wolke war irgendwann an seinem Himmel aufgezogen und hatte alles dunkel gemacht. Diese wirklich schlimme Phase dauerte beinahe ein Jahr. Dann verschwand sie genau so plötzlich, wie sie gekommen war. Allerdings nicht spurlos. Geblieben war diese unerträgliche Monotonie.

Adam hoffte, dass seine Schlaflosigkeit ebenso plötzlich wieder verschwinden würde. Am schlimmsten waren *die* Nächte, in denen er sich erst gar nicht ins Bett legte. Aber die Morgen waren umso seltsamer. Wenn man mit brennenden, müden Augen auf die Uhr schaut und feststellt, dass es eigentlich Zeit zum Aufstehen war. Nach der ersten Nacht denkt man noch, kann ja mal vorkommen, aber nach der dritten oder vierten Nacht in Folge kommt es einem unwirklich vor.

Man ist nicht wirklich wach. Man ist in einer Art Trance. Es ist nicht die REM-Phase – die Zeit der Träume – zwischen Schlafen und Wachen, wo sich die Augen zuckend hinter den Liedern hin und her bewegen. Es ist eher eine neue Phase zwischen dem REM-Schlaf und dem Wachsein. Wo sich die Gedanken mit den Träumen vermischen. Ein Schlafen mit offenen Augen. Je nachdem wie Gedanken und Träume einem mitspielen, so angenehm oder eben unangenehm läuft diese Phase ab. Manchmal rettet das Weckerklingeln einen regelrecht. Es holt einen zurück. Und man ist wieder in der Realität.

Adam suchte ein weiteres Mal nach dem roten Fleck, hatte dann aber keine Lust mehr, ihn noch einmal in die Uhrzeit zu verwandeln. Wie viel Zeit konnte schon vergangen sein? Ein paar Minuten vielleicht. Er drehte den Kopf auf die Seite und schob die bauschige Daunendecke etwas von seinem Oberkörper. Der Wasserhahn tropfte unaufhörlich im Takt, in den metallischen, schwarzen Abfluss. Es würde nicht mehr lange dauern. Er wartete darauf, dass ihn der Wecker noch einmal rettete.

Und plötzlich lächelte Adam. Heute würde er aus der Monotonie ausbrechen. Heute würde er sie zerstören. Heute würde alles anders werden. Heute würde er sein Leben ändern.

Mit diesem Wissen schlief er erstmals seit Langem zufrieden wieder ein. Heute würde es nicht wie jeden Tag werden.

05:30

Er war hellwach und sein Verstand arbeitete bereits, bevor der Radiowecker ihn in die Realität holen wollte. Im Kopf ging er die Stationen seines zurechtgelegten Tagesablaufs durch. Adam war erwartungsvoll. Normalerweise hasste er es aufzustehen, was daran lag, dass er seinen Job hasste. Aufstehen war für ihn eine Qual, weshalb er häufig erst spät an seinem Arbeitsplatz auftauchte. Das war aber nicht weiter schlimm. Adam arbeitete als Softwareentwickler und hatte freie Hand bei der Arbeitseinteilung. Solange die Deadlines eingehalten wurden, gab es keine Probleme. In letzter Zeit strapazierte Adam allerdings die Nerven seines Teamleiters, was immer öfter zu »persönlichen Dialogen« führte.

Meistens blieb Adam einfach länger im Bett liegen und weigerte sich aufzustehen. In seinem warmen Bett unter der Decke zu liegen, gab ihm so etwas wie Geborgenheit. Ein Gefühl der Sicherheit. So mussten sich Embryos im Mutterleib fühlen – na ja, bis auf die der Sandtigerhaie vielleicht. Einfach nicht den Fuß in die große kalte Welt setzen. Einfach liegen bleiben.

Aber heute war es anders. Adam war angenehm angespannt, seine Sinne geschärft. Wie das Raubtier, das auf seine ahnungslose Beute lauert: fokussiert, zielgerichtet.

Heute war es so weit. Heute würde ein besonderer Tag. Sein Tag. Er hatte es sich fest vorgenommen, es regelrecht geplant. Diesen Tag hatte sich Adam seit Langem ausgemalt. Er *wusste* es seit gestern. Er hatte den Abend wieder einmal alleine verbracht. Die Verabredung mit Schmidt, einem seiner wenigen gebliebenen Freunde, war nicht zustande gekommen. Schmidt hatte noch kurzfristig abgesagt. Mal wieder.

Adam waren zwei Menschen geblieben, die er Freunde nannte: Schmidt und Walther. Alle anderen waren Bekannte oder Kollegen. Menschen, mit denen man zwar ein gutes Verhältnis hat, sich verabredet, Smalltalk macht, aber keine großen Gefühle austauscht, nie wirklich unter die Oberfläche vordringt und das auch nicht will.

Adam hatte Schmidt und Walther bei seiner jetzigen Firma kennengelernt. Zu Beginn waren sie lediglich Kollegen, aber mit der Zeit war daraus Freundschaft geworden. Selbst dann, als sie in verschiedene Teams eingeteilt wurden, blieben sie auch abseits des Büros in gutem, regelmäßigem Kontakt. Zwar schwankte die Intensität über die Jahre, Walther war zum Beispiel seit einem halben Jahr in einer neuen Beziehung und vor Kurzem zusammengezogen, weshalb nur noch wenig Zeit blieb, die Freundschaft zu pflegen. Die Treffen wurden seltener, aber es blieben gute Telefonate. Allerdings war Walther ein Mensch, dem Adam auch nicht alles anvertraut hätte. Nicht aus Scham oder Angst, sondern weil sie in mancher Hinsicht zu verschieden waren. In gewissen Dingen wären sie nie auf einen grünen Zweig gekommen, hätten nie die Meinung des anderen akzeptiert. Daher gab es Tabuthemen, die nicht diskutiert wurden.

Anders war es mit Schmidt. Zwischen Adam und Schmidt gab es irgendetwas. Wären nicht beide heterosexuell, sie wären wahrscheinlich ein Paar geworden. Natürlich hatten auch sie unterschiedliche Ansichten und Meinungen, aber im Endeffekt passte es immer irgendwie. Manchmal genügten Blicke oder Gesten. Waren sie zusammen, fühlte es sich immer irgendwie richtig an. Als wären sie noch auf einer anderen, einer höheren Ebene miteinander verbunden. *So* sah Adam es jedenfalls. Und das, obwohl er immer wieder von Schmidt enttäuscht wurde. Die Absage gestern Abend hatte Adam wieder mal einen gehörigen Schlag in die Magengrube versetzt.

Aber an diesem Morgen war das egal und Adams depressive Stimmung wie weggeblasen. Heute würde er es den ganzen Arschlöchern zeigen. Auch den sogenannten Freunden. Er dachte an Schmidt, der das Treffen auf heute Abend verschoben hatte.

Wie weit kann man seine Instinkte übergehen, wie weit kann man antrainierte Verhaltensweisen oder anerzogene Eigenschaften ausschalten? Davon wird doch das Leben bestimmt. Von in die Wiege gelegten Ängsten, von zu Hause mitgebrachten Manieren. Adam war sehr gut erzogen worden. Vielleicht zu gut. Vielleicht zu christlich. Vielleicht hatte er deshalb zu wenige Dinge in seinem Leben selbst probieren können, vielleicht wurde ihm zu viel vorgesagt. Adam lebte sein Leben, wie es die Gesellschaft verlangte und es schmeckte ihm schon lange nicht mehr. *Das* war es, was ihn krankmachte. Um es zu ändern, musste er seine ganze Kraft zusammennehmen. Seine Instinkte ausschalten.

Trotz des durch ihn sprudelnden Elans blieb er noch eine Weile liegen, um die Tagesnachrichten und den Wetterbericht zu hören. Aber auch das war immer wieder dasselbe. Jeden Tag, jede Woche, jeden Monat. Politik, Gewalt, Krieg, Tod. Nur der Wetterbericht kündigte heute einen heiteren, warmen Apriltag an. »Wie passend...«, dachte Adam. Als dann noch der Song »Beautiful Day« von U2 folgte, konnte Adam sich ein zynisches Lächeln nicht verkneifen.

Er schlug die Bettdecke beiseite und setzte seine Beine auf den Boden. Der raue Teppich kitzelte unter seinen Füßen. Adam erhob sich und verharrte einen Moment. Auf seinem nackten Oberkörper bemerkte er die kalte Luft, und wie ungemütlich es in seiner Wohnung war, im Vergleich zum warmen Bett.

Das Schlafzimmer war der einzige Raum in seiner Wohnung, den Adam spartanisch und praktisch eingerichtet hatte. Da waren sein einfaches Bett, der Nachttisch, der Kleiderschrank mit den großen Schiebetüren, der Schuhschrank und eine Wäschetruhe. Die Truhe war offen. Wo der Deckel war, wusste Adam nicht. Jedenfalls konnte er ihn nicht auf Anhieb finden. Er musste irgendwo unter den hohen Wäschebergen liegen, die den Korb umgaben. Das Behältnis selbst war schon lange übergequollen. Genau genommen waren mittlerweile überall im Zimmer Sachen verstreut. Als wäre eine Bombe eingeschlagen. Adam konnte sich in diesem Moment nicht daran erinnern, wann er das letzte Mal seine Wäsche gemacht hatte. Er blickte zum Fenster, raus zu den hohen Bäumen. Es war noch dunkel. Trotzdem reichte der Kontrast, um das Zimmer mit einem schummrigen blau aufzuhellen. Er beugte sich zum Nachttisch und schaltete das Radio mitten im Refrain aus. Stille.

Dann ging er zum Fenster und öffnete es einen Spalt. Durch schwere Äste rauschte der kühle Wind. Auf dem Schuhschrank lag ein Päckchen Zigaretten. Ungeschickt zog er eine heraus und zündete sie an. Die Zigarette schmeckte ekelhaft. Nach drei Zügen warf Adam sie einfach aus dem Fenster. Er steckte seine Füße in die Pantoffeln, die am Ende des Bettes lagen. Eigentlich mochte er die hässlichen Dinger überhaupt nicht. Da aber der Rest der Wohnung mit Marmorfliesen ausgelegt war, waren sie unabdingbar, wenn Adam nicht mit bloßen Füßen auf die kalten Steine treten wollte. In den heißen Sommermonaten konnte das sehr angenehm sein, nicht aber an einem Morgen wie diesem. Er blickte noch einmal zum Bett, ließ es aber ungemacht zurück.

Er ging in den schmalen Flur, der die restlichen Zimmer der Wohnung miteinander verband, weiter ins Bad und betätigte den Dimmer. Das aufflackernde Licht schmerzte in seinen Augen, die er reflexartig zusammenkniff. Adam drehte den Regler runter. Er ging zur Toilette und wollte sich setzen. Nein, heute nicht, ab heute würde er gegen die Regeln verstoßen. Befriedigt hörte er das Plätschern und sah süffisant grinsend zu, wie die Spritzer den gesamten Toilettenrand und die Seite des grauen Badezimmerschränkchens besudelten. Mit voller Absicht erhöhte Adam den Druck auf den Strahl, um eine noch größere Sauerei anzurichten und die bisher höchsten Spritzer zu übertreffen. Neue Bestmarke!

Dann sah er in den Spiegel. Wenn sein Spiegelbild ihn morgens anblickte, nackt, ungewaschen, nicht zurechtgemacht, sah er genauso aus, wie er sich eigentlich fühlte. Nicht von Kosmetika und Kleidern kaschiert. Adam ließ seine Pyjamahose nach unten gleiten und stieg in die Dusche. Das Wasser brauchte ein paar Sekunden, um heiß zu werden, weshalb Adam den Duschkopf immer erst mal in seine Hand nahm und den Strahl neben sich in die Wanne leitete. Dabei bekam er jedes Mal ein paar eiskalte Wasserspritzer ab, die wieder hochgeschleudert wurden und ihn an Füßen und Waden trafen. Das bereitete ihm immer eine Gänsehaut. Heute nahm er es so bewusst wahr wie noch nie, genoss es regelrecht. Umso schöner war immer das Gefühl, wenn das Wasser langsam heiß wurde. Heute bekam er davon beinahe eine Erektion. An diesem Morgen empfand er es, als würde er neu geboren. Das Wasser war fast ein bisschen zu heiß, und bis sich Adams Haut daran gewöhnt hatte, schmerzte es beinahe. So intensiv wie noch nie. Es war eine wohltuende Befriedigung. Wie lange er einfach nur da stand, das Wasser auf sich prasseln ließ, dabei mit geschlossenen Augen den Kopf langsam hin und her bewegend, konnte er nicht sagen. Es war, als spürte er jeden einzelnen Tropfen.

Adam öffnete die Augen und schaute an sich herab. Er war von eher durchschnittlicher Statur. Circa 1,80 groß, schwankend zwischen 79 und 85 Kilo. Zwar trainiert, aber nicht muskulös und alles andere als schwabbelig. Er hatte auch schon bessere Zeiten gehabt, war allerdings länger nicht mehr beim Workout gewesen. Als Adam sich heute so betrachtete, konnte er nicht fassen, wie viele Probleme ihm seine Figur immer bereitete, oder besser gesagt, wie er sie sich selbst einredete. Dieses ewige Streben nach dem Ideal. Wofür? Immer bedacht nicht zu viel, nicht zu fett zu essen. Ein ständiges »auf Diät sein«. Wofür? Drei Mal die Woche ins Fitnesscenter quälen, obwohl man nicht den geringsten Spaß dabei empfindet. Und das alles nur, weil jeder einem einredet, dass es so sein muss, bis man es selbst glaubt. Heute war es Adam egal. Egal, dass sein Bauch schon wieder zu sehen war, egal, dass seine Arme schon mal kräftiger waren. Es war einfach unwichtig.

Er griff zu der Duschlotion, die er sich extra in einer Parfümerie hatte mischen lassen. Genauso wie seine anderen Kosmetika. Dies war keineswegs seine Art, noch hatte er das Geld sich diesen Luxus regelmäßig zu leisten. Dennoch hatte er sich dieses Mal dafür entschieden. Adam hatte gestaunt, wie deutlich man den Unterschied zu herkömmlichen Beautyprodukten erkannte, die er sonst im Supermarkt kaufte. Obwohl das Flakon noch reichlich gefüllt war, goss Adam nahezu den gesamten Inhalt auf seine linke Handfläche. Dabei lief die überschüssige Flüssigkeit an seiner Hand herunter und tropfte in die Duschwanne. »Tschüss, 50 Dollar…«, dachte er gut gelaunt. Behutsam rieb er seinen Körper mit dem wohlig duftenden Öl ein. Um es ein paar Sekunden einwirken zu lassen, hatte er den Winkel des Duschkopfs so verstellt, dass das Wasser jetzt gegen die Glaswand trommelte. Adam brachte den Duschkopf wieder in Position und wusch den Schaum ab. Er griff zu dem nicht minder teuren Shampoo, wusch sich seine dunkelbraunen Haare und spülte sie mit einem Mittel derselben Nobelmarke. Er blieb noch einen Moment unter dem heißen Strahl stehen, aber zum Rumtrödeln hatte er heute keine Zeit. Nicht so, wie er es an den meisten anderen Morgen tat. Wenn ihn das Gefühl quälte, nicht zur Arbeit gehen zu wollen. Nicht die Wohnung verlassen zu wollen. Und deshalb absichtlich Zeit zu vergeuden.

Er öffnete die Kabinentür nur einen Spalt, um nach dem Handtuch auf der Heizung zu tasten. Sofort strömte kalte Luft hinein und trieb Adam eine erneute Gänsehaut über den Rücken. Er bekam das Handtuch zu fassen und schloss die Tür sofort wieder. Er trocknete sich ab, frottierte sein Haar, wickelte sich in das große Tuch ein, verließ die Dusche und stand im kalten Badezimmer, auf dem sich angenehm anfühlenden Vorleger. Er war immer erstaunt, wie gut das Handtuch die Wärme isolierte. Ein erneuter Blick, in den nun vollkommen beschlagenen Spiegel, war unmöglich. Adam schaltete den Föhn ein und entfernte damit den Belag. Langsam wurde er wieder klar und Adam blickte sich selbst mit strubbligen Haaren entgegen. Er legte den angeschalteten Föhn an die Seite. Er mochte das surrende Geräusch. Einen Moment noch verweilte sein Blick auf dem blanken, metallischen Gehäuse. Adam stellte sich vor, wie es wäre, wenn der Föhn jetzt explodierte. Würde es einen Knall und eine Stichflamme geben? Würden der Spiegel und das kleine Fenster zu Bruch gehen? Wie gewaltig würde die Druckwelle sein? Würde er selbst dadurch umgeworfen? Was für Verbrennungen würde er erleiden? Würden ihn die umherfliegenden Bruchstücke treffen und verletzen? Würde er daran sterben?

Adam ließ das Handtuch unmittelbar neben seiner Pyjamahose fallen. Er richtete seinen Blick noch einmal auf die Dusche. Die Wanne war voll von seinen dunkelbraunen Haaren. Seit einiger Zeit verlor er sie vermehrt. Es hatte ihn nicht weiter gekümmert, erst als er merkte, dass seine Geheimratsecken größer wurden. Noch nicht dramatisch, aber deutlich sichtbar. Er hatte gleichaltrige Arbeitskollegen, die damit größere Probleme hatten. Einige sahen schon aus wie Mitte sechzig, zumindest auf dem Kopf. Doch für Adam war die Erkenntnis erschreckend und er hatte versucht, alles Mögliche dagegen zu unternehmen. Heute starrte er nur auf die Haare, die dem Abfluss der Duschwanne entgegen trudelten, dann auf sein Spiegelbild, dann auf seine Haarpflegeprodukte, die sich wie ein Spalier aneinanderreihten. Heute lächelte er darüber, in welchen Wahn er verfallen und wie dumm und sinnlos das war. Heute kümmerte ihn die Sorge um seine Haarpracht nicht weiter.

Adam griff zum Rasierzeug. Er überprüfte die Klinge, er hatte sich seit mehreren Tagen nicht mehr rasiert und ihm war fast ein Bart gewachsen. Also eher waren es vereinzelte Flecken von Stoppeln, die nicht wirklich zusammenzugehören schienen. Adams Bartwuchs glich dem eines sechzehnjährigen Teenagers. Immerhin hatte er mittlerweile einen erkennbaren Oberlippenbart und die Haut an seinem Unterkiefer war ziemlich dicht bewachsen. Er entschied sich, dem heute ein Ende zu bereiten und eine neue, scharfe Klinge zu benutzen. Das Messer kam an den dicht bewachsenen Stellen trotzdem nur schwer durch und Adam musste immer wieder erneut ansetzen. Als er einen Moment nicht aufpasste, schnitt er sich böse in die linke Wange. Zuerst spürte er nur den scharfen Schmerz, dann färbte sich der zurückgebliebene Rasierschaum dunkelrot, wie eine kleine, aufgehende Wolke aus Blut. Der Effekt wirkte auf ihn so hypnotisierend, dass er es erst eine Weile im Spiegel betrachtete, bevor er sich um die Wunde kümmerte. Am Ende blieb ihm ein hässlicher, ein Zentimeter langer Schnitt, der langsam aufhörte zu bluten. Es würde Wochen dauern, bis die Wunde verheilen würde. Heute war es Adam egal.

Er putzte sich noch die Zähne und parfümierte sich mit einem teuren Bodyspray. Alles aus derselben Kosmetikboutique. Sein Haar hatte er einfach auf eine Seite gekämmt. Früher war ihm das sehr wichtig gewesen. Wenn es ihm nicht gut genug gelang, kam es vor, dass er sich die Haare noch einmal wusch und stylte, bis sie ihm gefielen. Erst dann fühlte er sich gut. Wenn seine Frisur mal nicht in Ordnung war, fühlte es sich schrecklich an und er dachte, alle Leute wüssten es und starrten ihn deshalb an. Aber nicht heute. Heute war es ihm auf Anhieb perfekt gelungen, weil ihn heute nichts aus der Fassung bringen konnte. Danach hatte er noch Unterhose und Socken übergestreift. Beides in Schwarz, beides von derselben Designermarke und sündhaft teuer. Heute sollte ihre Premiere sein.

Jetzt stand er vor seinem offenen Kleiderschrank. Normalerweise war der prall gefüllt, aber momentan lag das meiste von Adams Sachen im Schlafzimmer und dem Rest der Wohnung verstreut. Eine Angewohnheit, die er hasste: dieser maßlose Konsum von Sachen, die man am Ende gar nicht brauchte. Heute wusste Adam jedoch genau, was er anziehen wollte. Er holte den Kleidersack hervor, hängte ihn vor den Schrank und zog den Reißverschluss surrend nach unten. Zum Vorschein kam der schwarze Anzug, den er vergangene Woche bei einem pikfeinen Herrenausstatter erstanden hatte. Zusammen mit dem weißen Hemd, der Krawatte und den Schuhen hatte das ein ganzes Monatsgehalt gekostet. Normalerweise nicht Adams Art, aber mit normal sollte es endlich vorbei sein. Der Anzug sah perfekt aus. »Wie der Anzug eines Geheimagenten…«, dachte Adam. Zwei Knöpfe, das Revers nicht zu breit, vier Knöpfe in einer geraden Linie an jedem Ärmel. Das satte Schwarz und die Qualität des Materials. Die Vollendung von einem Anzug. Adam knöpfte das weiße Hemd auf, dessen Preis alleine ihm schon den Atem verschlagen hatte. Aber heute war ihm das alles egal.

Er musste an die hübsche Verkäuferin denken, die ihn beraten hatte. Sie zog und zupfte an ihm herum und half Adam mit den Manschettenknöpfen. Nachher hatte er sich geärgert, dass er es natürlich mal wieder nicht zu einem Flirt gebracht hatte. Wenn sie ihn hätte abblitzen lassen, hätte sie es bestimmt sehr umgänglich gemacht, nett, wie sie war. Irgendwie erinnerte sie ihn ein wenig an die Pornodarstellerin Carry Kox – bis auf die riesigen Silikonbrüste.

Jetzt noch die Krawatte. Nach dem dritten Versuch des Windsorknotens war Adam endlich mit dem Sitz zufrieden. Er bewunderte noch einmal das tiefe, seidige Schwarz. Er griff zu seiner Brille auf dem Nachttisch und kontrollierte, wie schmutzig die Gläser waren, bevor er sie dann schließlich aufsetzte. Er sank auf die Bettkante, zog die Schuhe an, nahm danach das Jackett vom Bügel und verließ das Schlafzimmer. Ein letztes Mal schaute er sich um und löschte dann das Licht.

Im Flur atmete er tief durch, bevor er vor den großen Spiegel trat. Früher war es ihm oft passiert, dass er sich nach minutenlangem Fertigmachen voller Erwartung davorstellte und dann einen verstörenden Makel entdeckte, den es dann zu bekämpfen galt. Eine widerspenstige Locke, ein Schmutzfleck, ein zerknittertes Hemd. Aber nicht heute. Er sah perfekt aus. Für einen normalen Arbeitstag viel *zu* perfekt. Er malte sich schon die Blicke und Sprüche seiner blöden Kollegen aus. Für das Büro war er absolut overdressed. Normalerweise trug Adam zur Arbeit nur eine Jeanshose und ein Sweatshirt. Nur bei Kundenterminen oder anderen Events waren sie gezwungen, sich in Schale zu schmeißen. Und dann reichte der Anzug von der Warenhauskette allemal. Aber heute sah er aus wie James Bond auf tödlicher Mission. Wie aus dem Ei gepellt. Fabelhaft. Er würde seine Kollegen und ihre bescheuerten Fragen einfach ignorieren. Oder er würde einfach lügen. Wie er es so oft tat. »Er hätte heute noch einen wichtigen Termin…«, was sogar irgendwie stimmte.

Adam öffnete die oberste Schublade des kleinen Schränkchens, das an der Seite des Flurs stand. Er holte seine silberne Rolex heraus und legte sie um sein linkes Handgelenk. Er hatte sie am selben Tag gekauft wie den Anzug. Zwei Läden weiter. Die Uhr hatte gute zwei Monatsgehälter gekostet und war noch eins der günstigen Modelle. Adam kümmerte das nicht. Das Geld war ja noch nicht mal – Kreditkarte sei Dank – von seinem Konto abgebucht. Er hatte sich für Silber entschieden, weil er Gelbgold nicht ausstehen konnte – diese ganzen aufgepumpten Typen im Fitnesscenter mit ihren Goldkettchen. Seine Arbeitskollegen hatten ihm nicht geglaubt, dass es eine Echte war.

Adam ging in die Küche. Es war eine tolle Küche. Aber nur, weil sie bei seinem Einzug bereits eingebaut war. Der Vermieter hatte das Penthouse damals für seinen eigenen Sohn ausbauen lassen und keine Kosten und Mühen gescheut. Normalerweise war die Küche immer aufgeräumt. Keine Spur von Essen, Zubereitung oder sonstigen Arbeiten. Adam nutzte seine Küche auch nicht für so etwas. Er ernährte sich, indem er essen ging, oder sich etwas kommen ließ. Aber selbst »Hand anlegen« tat er nie – na ja, in Bezug auf die Küche. Nun stapelte sich der gesamte Vorrat von Gläsern, Tellern und Tassen in der Spüle. Er hatte aufgehört, sie in die Spülmaschine zu räumen.

Auf der linken Seite stand, provisorisch befestigt, Adams neuer Kaffeevollautomat. Er war riesig und machte ein weiteres Benutzen des Arbeitsbereichs ohnehin unmöglich. Ein Luxus, den er sich normalerweise nicht geleistet hätte. Aber was war noch normal? Adam öffnete den Schrank, in dem er Gläser und Tassen aufbewahrte, und musste breit grinsen. Exakt eine Tasse stand dort noch. Er

stellte sie in den Automaten und programmierte einen großen Cappuccino, mit Milchschaum und Kakaopuder. Normalerweise trank er nur einen großen schwarzen Kaffee,
aber wenn man schon so einen Vollautomaten hatte, konnte man sich zur Feier des Tages auch mal das volle Programm gönnen. Schnaubend erwachte das Ungetüm zum
Leben. Bis der Kaffee durchgelaufen war, zündete sich
Adam eine Zigarette an und spazierte durch seine Wohnung. Aus der Küche, quer über den Flur, hinein in den
Wohnbereich. Es sah aus wie ein Schlachtfeld. Die beiden
verbundenen Zimmer waren laut Mietvertrag 60 m² groß
und eigentlich sehr schön. Eine Front bestand komplett aus
Glas und bot einen tollen Blick auf die Stadt. Adam sah,
dass die Sonne am Horizont aufging. Er hatte sich in letzter
Zeit allerdings nicht viel Mühe gegeben und so war der
Raum ziemlich verwüstet. Überall lagen Sachen herum.
Bücher nicht zurückgeräumt, CDs entnommen und nicht
wieder an ihren Platz gebracht, leere, teilweise umgefallene
Wodkaflaschen, ein voller Aschenbecher, Gläser und noch
mehr von seinen Klamotten. Er konnte einen Pizzakarton
und einige Teller ausmachen, wusste aber nicht mehr, von
wann sie waren. Auf dem Boden lagen zwei gammelige
Aluschalen mit Besteck. Chinesisch, thailändisch oder viet-
namesisch vielleicht? Adam konnte sich nicht erinnern.
Seine paar Pflanzen hatte er schon eine ganze Weile nicht
gegossen. Einige ließen die Köpfe hängen, andere hatten
komplett ihre Blätter abgeworfen und sahen aus wie mo-
derne Kunst. Skurriles Ikebana. Nur ein einzelner, kleiner
Kaktus schien noch gegen den Tod anzukämpfen. Früher
war seine Wohnung ein kleiner Garten gewesen. Heute

eher ein Friedhof. Ihn kümmerten die sterbenden Blumen nicht. Zu seiner Linken lag der zweite offene Raum, lediglich eine halbe Wand separierte ihn vom Wohnzimmer und bildete den Durchgang. Adams Blick fiel auf den Esstisch mit den vier großen Stühlen, an dem er nie saß. An dem nie jemand saß. Wofür hatte er den gekauft? Man braucht doch einen Esstisch, falls mal jemand zu Besuch kommt. Aber es kam nie jemand.

Eine Seite des Wohnzimmers wurde von einer hölzernen Schrankwand fast komplett verdeckt. In ihrer Mitte stand der verstaubte Fernseher. Eigentlich war hier alles verstaubt. Eine der Holztüren stand offen und ein paar Papiere hingen heraus. Auf einem der Regale stapelte sich ein Berg CD-Hüllen, ein anderer war bereits umgefallen und verteilte sich auf dem Boden. Adam betrachtete, was sich über die Jahre angesammelt hatte. Nutzlose Wohnaccessoires. Ziersteine, bescheuerte Kerzenhalter, diverse Vasen, persönliche Fotos gab es keine. In der Mitte des Zimmers stand der Wohnzimmertisch, versteckt unter Gläsern, Tassen, Flaschen und noch mehr Papieren. An der gegenüberliegenden halben Wand, die die Räume trennte, thronte das große braune Ledersofa mit Adams einsamen Abdruck an der Stelle, wo er immer saß. Über der Couch hing eine große Schwarz-Weiß-Fotografie von Johnny Cash, der der ganzen Welt seinen rechten Mittelfinger entgegenreckte. Adam hatte ihn immer dafür bewundert.

Er kontrollierte seine Rolex. Er lag gut in der Zeit. Zurück in der Küche war die Maschine endlich durchgelaufen. Den Rest der Zigarette warf er in Richtung Spülstein. Die Kippe gab ein zischendes Geräusch von sich. Er nahm die

Tasse und setzte sich an den kleinen Tisch. Vorsichtig nippte er an dem heißen Getränk. Der Milchschaum schmeckte eigentlich nach gar nichts, trotzdem mochte Adam es irgendwie. Er achtete darauf, dass kein Tropfen auf seinem Anzug oder dem Hemd landete. Er steckte eine weitere Zigarette an, lehnte sich zurück und starrte in den leeren Raum. Er ließ wie so oft sein Leben und die letzten Tage Revue passieren. Heute wird ein großer Tag. Er lächelte zufrieden bei dem Gedanken.

Adam stellte die halb ausgetrunkene Tasse auf dem Tisch ab und warf die kaum gerauchte Zigarette hinein. Dann ging er in den Flur, nahm seine Umhängetasche und kontrollierte sich noch einmal in dem großen Spiegel. Er zeigte sich selbst den Mittelfinger. In der Tasche war sein Firmenlaptop, sein Kalender, in dem keine Termine standen, und einige weitere Kleinigkeiten. Adam ließ noch sein Portemonnaie und sein Mobiltelefon in eine Jacketttasche gleiten. Er hatte alles, was er brauchte, löschte überall das Licht und griff an den Schlüsselhaken neben der Eingangstür. Er nahm seinen Schlüsselbund und den separaten Autoschlüssel, mit dem schönen Lederanhänger. Der Schlüssel war makellos. Den Wagen hatte er noch nicht lange. Adam grinste. Dann verließ er die Wohnung und zog die Tür ins Schloss.

Der dumme Köter seiner bescheuerten Nachbarin bellte hinter ihrer Wohnungstür. Wie an jedem verdammten Tag. Die Dame erinnerte Adam ein bisschen an eine ältere Version von Dorma Duplex – bis auf die riesigen Silikonbrüste. Sie hatte ihn einmal gebeten, morgens doch bitte leiser die Wohnung zu verlassen, damit das Tier nicht bellen und sie wecken würde. »Hallo?!«, hatte Adam gedacht, zu freundlich ihr die Meinung ins Gesicht zu sagen. Was sollte das? Diese geisteskranke Töle! Sollte er sich etwa die Schuhe ausziehen, um auf Socken das Treppenhaus hinunterzuschleichen?

Adam trampelte heute so laut die Treppen hinunter, dass der Vierbeiner förmlich durchdrehte.

07:17

Seit ein paar Tagen stimmte etwas nicht mit dem Anblick der Sackgasse, in der Adams Wohnung lag. Etwas passte nicht ins Bild. Die Straße lag etwas außerhalb des ganzen Großstadttrubels in einem abgelegenen, fast ländlichen Viertel der Stadt. Sie war so schmal, dass keine zwei Fahrzeuge nebeneinander herfahren konnten, wenn am Rand noch parkende Wagen standen. Oft spielten Kinder auf der Straße oder in den kleinen Vorgärten und machten Lärm. In seiner Penthousewohnung bekam Adam davon glücklicherweise nur selten etwas mit. Am Ende der Sackgasse lag eine Seniorenwohnanlage, was dazu führte, dass man oft älteren Menschen auf den Gehsteigen begegnete. Adam mochte sie nicht. Diese andauernd neugierig herumstreunenden Alten, die ihre Fahrzeuge, sofern sie noch welche hatten, immer über zwei Parkplätze parkten und auch noch meinten, dass das ihr gutes Recht sei. Adam mochte sie nicht. Wenn man ihnen begegnete, waren sie meistens freundlich und grüßten, nur um sich dann hinterrücks den Mund über einen zu zerreißen und mit dem Finger auf einen zu zeigen. Immer in der Lage, Geschichten über alle möglichen Nachbarn zu verbreiten. Kein Wunder, wenn man den ganzen Tag vorm Fenster stand und hinausschaute. Adam mochte sie nicht.

Am Straßenrand wuchsen in regelmäßigen Abständen Bäume in den Himmel. Zu dieser Frühjahrszeit fingen sie gerade an zu blühen und ließen die Straße im Sommer fast wie eine kleine Allee aussehen. Einige von ihnen reichten bis hoch zu Adams Penthouse. Auf der linken Seite, fast am unteren Ende, stand das Haus, in welchem Adam wohnte. Er hatte wirklich Glück gehabt, als er damals zur richtigen Zeit am richtigen Ort war und den Zuschlag bekam. Es war nicht überwältigend groß. Laut Vertrag waren es 95 m², komplett gefliest und die Küche war bereits vorhanden. Unter einem Penthouse hatte sich Adam zwar etwas anderes vorgestellt, aber laut Vermieter entsprach es der Definition. Ihm hatte es trotzdem auf Anhieb gefallen und die anfallenden Kosten machten ihm, dank seines lukrativen Jobs, keine Probleme. Im Großen und Ganzen gehobener Durchschnitt. Laut Vermieter.

Irgendwas passte nicht in diese Vorstadtidylle. Irgendetwas hob sich so deutlich hervor, dass es wie ein missglückter Farbklecks in einem Gemälde wirkte. Wobei keineswegs abstoßend, sondern einfach nur unpassend. Etwas, das einfach herausstach. Wie ein falscher Ton in einer Symphonie. Und da war es. Zwischen den ganzen geparkten Fahrzeugen, zwischen den Pampersbombern, Kombis,

Minivans mit Kindersitzen, schmutzig, von Vögeln besudelt, von innen verdreckt, zum Transportieren der Hunde, zwischen verbeulten Rentnergurken, der Schrottlaube von Adams Nachbarin und sonstigem Durchschnitt stand er: Der feuerrote Ferrari F430. 490 PS, 320 in der Spitze und von null auf hundert in vier Sekunden. Er war noch sauber und wirkte so unangetastet und neu, als wäre es nur ein Foto in einem Katalog. Es war einfach ein Wagen, wie man ihn sonst nur aus dem Fernsehen oder aus irgendwelchen Blockbustern kannte. Er war perfekt. Neunzehn Zoll Felgen mit fünf Doppelspeichen, vier verchromte Auspuffrohre, die große Heckscheibe hinter welcher man das Ungeheuer eines Motors betrachten konnte. Der Wagen lag so knapp über dem Boden wie ein Stachelrochen über dem Meeresgrund. Zwischen den ganzen anderen Fahrzeugen, die sichtlich vom Alltag gezeichnet waren, strahlte und leuchtete er nur so. Tagsüber kam es oft vor, dass sich die Nachbarskinder davor versammelten und ihn ehrfürchtig anstarrten, so fremd wirkte der Wagen in seiner neuen Umgebung. Manchmal konnte man auch die Herren der Nachbarschaft beobachten, wie sie ihren nie erfüllten Jugendtraum angafften.

Adam hatte sich diesen Traum vor Kurzem einfach erfüllt. Die Leute, seien es seine Kollegen, Nachbarn oder Bekannte, die ihn darauf ansprachen, fertigte Adam nur kurz ab. Er ließ sich auf keine Gespräche ein, schon gar nicht mit den Greisen aus dem Seniorenheim. Etwas hartnäckiger waren seine beiden Freunde und die Leute, mit denen er arbeitete. Aber auch dort hatte er sich immer irgendwie aus der Affäre gezogen, ohne wirklich etwas zu verraten. An seinem Arbeitsplatz ging jedenfalls das Gerücht um, Adam hätte in der Lotterie gewonnen. Andere sprachen von einer Erbschaft.

Die Wahrheit war, dass es überhaupt kein Geheimnis gab. Adam hatte sich den Wagen einfach gekauft. Es war allerdings kein Neuwagen. Zweite Hand. Gebraucht, aber sehr gut gepflegt. Und nicht, dass er sich ihn hätte leisten können, aber er hatte es einfach getan. Es sah sogar eher so aus, dass ihm die horrenden Ratenzahlungen früher als später das Genick brechen würden. Der Wagen fraß ihn förmlich auf, alleine schon, wenn man an die Tankstelle fuhr. Aber die Blicke waren einem sicher. Adam hatte keine Lust, sich den Kopf darüber zu zerbrechen. Es kümmerte ihn nicht. Nicht am heutigen Tag.

Morgens war es noch ruhig und Adam meistens der Erste auf der Straße. Es war ein frischer aber klarer Morgen, so wie vom Wetterbericht angekündigt. Er drückte einen Knopf auf dem Schlüssel und die Wagentür sprang auf. Ein absolut erhabenes Gefühl. Eigentümer dieses Wagens zu sein. Unbesiegbar. Wenn er sich doch immer so fühlen könnte, aber die Momente waren viel zu selten. Er ließ sich auf das hellbraune Leder sinken, seine Tasche legte er in den Fußraum des Beifahrerbereichs. Der Geruch des Neuen lag noch merklich in der Luft. Adam freute sich wie ein kleines Kind, diesen Wagen fahren zu können. Von innen war der Ferrari nicht weniger beeindruckend. Hinter dem kleinen Lenkrad, auf welchem sich die Schaltwippe und sonstige Steuerungsknöpfe befanden, konnte man den in einen Metallring eingefassten Drehzahlmesser sehen. Daneben war die Digitalanzeige der Gänge, zusammen mit dem Multifunktionsdisplay, das weitere Daten anzeigte. Adam kannte noch gar nicht alle Funktionen. Er steckte den Schlüssel ins Zündschloss und drehte ihn um. Erst tat sich nicht viel. Die Instrumente und der CD-Wechsler sprangen an. »Never let me down again« von Depeche Mode ertönte. Adam drehte am Regler, um es lauter zu stellen. Er wartete noch einen Moment, bis er den Startknopf am Lenkrad nach unten drückte. Aber dann erwachte die Maschine im Heck mit einem alles durchdringenden Getöse zum Leben. Der Wagen vibrierte wohlig. Adam trat das Gaspedal sanft im Leerlauf hinunter. Der Motor röhrte auf wie eine wütende Wildkatze. Adam lächelte. Ein Gefühl der Zufriedenheit. Normalerweise nicht seine Art, solch einen Lärm zu verursachen, aber heute ging ihm beim Gedanken an seine Nachbarschaft lediglich ein »Fuck You« durch den Kopf. Hinter einem Wohnungsfenster ging Licht an. Adam drehte den Kopf über die linke Schulter, um zurückzusetzen. Dabei bemerkte er, wie eine der alten Zicken aus der Seniorenanlage an einem anderen Fenster stand und ihn mit abschätzigem Blick beobachtete. Die blöde Kuh. Adam erwiderte ebenso grimmig. Langsam streckte er ihr seinen linken Mittelfinger entgegen und verzog sein Gesicht dabei zu einer Fratze. Er zog die Augenbrauen so weit nach unten, dass seine Augen ganz klein wurden. Mit seiner Zunge beulte er die Unterlippe derart aus, dass er die obere Reihe seiner Zähne entblößte. Beim Vorbeirollen bekam er aus den Augenwinkeln noch ihr entsetztes Gesicht und ein ungläubiges Kopfschütteln mit. Adam betätigte die Gangschaltung und fuhr los. Der Ferrari soff mit einem abrupten Ruck ab. Er hatte sich nicht angeschnallt und wäre beinahe auf das Lenkrad geknallt, konnte sich aber gerade noch halten. Der Abgang war ihm ordentlich misslungen. Er musste über sich selbst lachen und startete den Motor erneut. Die Alte würdigte er keines Blickes mehr. Sofern sie überhaupt noch am Fenster stand und nicht schon längst die Polizei rief. Adam konzentrierte sich diesmal mehr und der Wagen setzte sich langsam in Bewegung. Sobald er an den geparkten Autos vorbei war und mehr Platz hatte, jagte er den Ferrari in Sekundenschnelle auf über hundert Sachen, was die Straße bis zur Kreuzung nur so erbeben ließ.

Es herrschte zwar schon reger Berufsverkehr um diese Uhrzeit, war aber lange nicht so schlimm wie zu den Hauptpendelzeiten, in denen man mehr stand als fuhr. Adam brauchte ungefähr eine Dreiviertelstunde zu seinem Arbeitsplatz. In dem Ferrari genoss er jede einzelne Sekunde. Früher hatte er sich mit Tausenden anderen in die U-Bahn gequetscht. Er genoss die Kraft, er genoss den Luxus, er genoss die neidischen Blicke.

Er hätte die Strecke blind zurücklegen können. Jeden Tag dieselben Kurven, jeden Tag an denselben Häusern vorbei, jeden Tag dieselbe Abfahrt, jeden Tag das gleiche Stop-and-go. Mittlerweile tönte »Personal Jesus« aus den Boxen.

Kurz bevor Adam sein Ziel erreichte, musste er an einer Stelle vorbei, an der die Stadt entschieden hatte zwei Radarfallen aufzustellen. Adam hatte nie verstanden warum, war es doch eine ganz normale Passage wie jede andere auch.

Die Kameras, die ungefähr in dreihundert Metern aufeinander folgten, sorgten dafür, dass der Verkehr an dieser Stelle immer nahezu zum Erliegen kam. Die anderen Verkehrsteilnehmer verringerten in der Regel das Tempo nicht nur auf die zulässige Höchstgeschwindigkeit, Adam hatte immer den Eindruck, dass sie vor lauter Ehrfurcht sogar noch langsamer fuhren, nahezu zum Stillstand kamen. Es grenzte an ein Wunder, dass sich hier nicht jeden Tag ein tödlicher Auffahrunfall ereignete. Adam war ein vorausschauender Fahrer und kam selten in heikle Situationen. Er war aber zu der Ansicht gekommen, dass Autofahren die meisten Menschen einfach überforderte. Sie konnten es einfach nicht. Links abbiegen, wie verhalte ich mich an einer Kreuzung, rückwärts einparken, Reißverschlussverfahren. Viele schienen nicht in der Lage zu sein, diese komplexen Abläufe zu bewältigen. Adam war der Meinung, dass die Führerscheinprüfungen verschärft, die Fahrtauglichkeit öfter kontrolliert und die Papiere ab einem bestimmten Alter abgegeben werden müssen. Eine seiner Ansichten, mit denen er oft alleine dastand.

Adam hatte die Radarfalle nun fast erreicht. Es herrschte der übliche Verkehr, aber soweit er erkennen konnte, war die linke Spur frei. Er trat das Gaspedal voll durch. Der Wagen beschleunigte so stark, dass es Adam tief in den Sitz drückte. Er schoss mit mehr als der doppelten zugelassenen Geschwindigkeit an der ersten Kamera vorbei, wobei er ein fettes Grinsen aufsetzte, was mehr zu einer Grimasse verkam. Der Blitz der Radarfalle tauchte alles für einen Moment in ein grelles Rot. Adam konnte immer noch keinen Wagen vor sich ausmachen. Er erhöhte die Geschwindigkeit weiter und jagte auf die zweite Falle zu. Der Tacho zeigte nun fast mehr als das Dreifache der Tempobegrenzung an. Als er nach wenigen Sekunden die zweite Kamera erreichte, setzte Adam wieder seine Lieblingsgrimasse auf, mit der Zunge in der Unterlippe, nahm die Hände vom Steuer und streckte beide Mittelfinger empor. Wieder ein roter Blitz. Adam würde die Bilder zu gerne sehen.

07:56

Er benutzte seine ID-Karte, um in das Parkhaus unter dem Bürokomplex zu kommen. Adam musste sie zweimal in das Terminal einführen, weil ihm nach dem ersten Versuch der Wagen wieder abgesoffen war und sich das Tor schon wieder zu schließen begann. Von einem kleinen Fenster beobachtete ihn eine Dame der Security. Die kleine Kabine war immer besetzt, für den Fall das Gäste in das Gebäude wollten. Seine Probleme mit dem Wagen amüsierten sie offensichtlich und auch Adam konnte darüber lachen und zwinkerte ihr zu. Sie erinnerte ihn ein bisschen an eine hellhäutige Alana Alot – bis auf die riesigen Silikonbrüste. Vorsichtig steuerte er den Wagen durch die engen Betonsäulen. Mit dem Ferrari langsam zu fahren war irgendwie wesentlich schwerer, als voll aufs Gas zu treten. Er brachte das Parkdeck zum Vibrieren und Dröhnen, wahrscheinlich bekam man es noch im Erdgeschoss mit. In dem Softwarehaus, für das Adam arbeitete, war er einer von rund 300 Angestellten. Allerdings war seine Firma nicht als Einzige in dem großen Gebäude untergebracht. Sie belegte lediglich vier der fünfundzwanzig geräumigen Stockwerke. Wenn man zur Mittagszeit noch einmal das Parkhaus verließ, um auswärts etwas zu essen, konnte es sein, dass man bei der Rückkehr keinen Parkplatz mehr fand und erst mehrere Runden um den Block drehen musste. Offensichtlich gab es nicht genügend Stellplätze. Aber um diese Uhrzeit konnte sich Adam getrost einen freien aussuchen. Den wählte er jedes Mal in weiser Voraussicht, da es um seine Parkkünste nicht besonders bestellt war. Trotz des neuen Wagens war er in letzter Zeit aber sehr viel ruhiger geworden, was das anging. Als er sich dann für einen Stellplatz entschieden hatte, fuhr Adam ihn dennoch viel zu schnell und in viel zu kleinem Winkel an.

Es gab ein hässliches Geräusch, als er mit dem hinteren rechten Radkasten an der hohen Randschwelle entlang schrammte. Ein Geräusch, dass einem normalerweise die Gesichtszüge zusammenzieht, als wenn jemand mit den Fingernägeln über eine Schiefertafel kratzt. Adam stellte den Motor ab. Er hörte noch »Enjoy the silence« zu Ende, bevor er aus dem Wagen ausstieg und dann tatsächlich für einen Moment die Stille genoss. Den Radkasten würdigte er keines Blickes. Es war ihm so egal, dass er es eigentlich schon wieder vergessen hatte. Seine Schritte hallten durch die kalte Garage. Wieder benutzte er seine ID-Karte, um vom Parkdeck ins Treppenhaus und zu den Fahrstühlen zu kommen. Er wartete auf den Lift. Mit einem Klingeln öffneten sich nach kurzer Zeit die Türen, Adam trat hinein und drückte den Knopf für seine Etage. In der hinteren verspiegelten Fahrstuhlwand kontrollierte er den Sitz seiner Haare und des Anzugs. Er entfernte gerade eine Wimper von einem seiner Brillengläser, als der Fahrstuhl zum Stehen kam. Im Erdgeschoss stieg eine Frau zu ihm in die Kabine und drückte ihrerseits einen der Knöpfe.

»Guten Morgen.«

»Guten Morgen.«, erwiderte Adam.

Er hatte sie noch nie vorher gesehen. Aber sie erinnerte ihn mit ihrer Brille ein bisschen an Foxy Fiona – bis auf die riesigen Silikonbrüste.

Das Gebäude musste damals mit der Maxime erbaut worden sein, nur das Nötigste für die Fertigstellung zu verwenden. Der lange Flur, an dessen Ende Adams Büro lag, war weiß mit kahlen Wänden. Es wirkte wie ein Krankenhaus. Wie ein Gefängnis. Wie eine Anstalt. Das Licht der Neonröhren leuchtete, strahlte so weiß und hell, dass es Adam immer regelrecht blendete und er die Augen zusammenkniff, wenn sich die Türen öffneten und er aus dem Aufzug stieg. Circa zwanzig Bürotüren gingen von dem engen Flur ab, in deren Zimmern Adams Teamkollegen arbeiteten. Um diese Uhrzeit waren meistens noch nicht viele anwesend und die Türen verschlossen. Nur in Adams Büro brannte schon Licht.

Es war George. Es war immer George. An jedem verdammten Tag. Einer von den zwei Kollegen, mit denen Adam das Büro teilte. Es war ihm bereits kalt den Rücken runter gelaufen, als er noch den Flur durchschritt und nur daran dachte. Adam hasste George. Er war fast fünfundzwanzig Jahre älter und von einer besserwisserischen, schleimigen Art, dass Adam ihn nicht ausstehen konnte. Adam hatte es ihm nie direkt gesagt, sondern immer gedacht, dass sich die Abneigung auch so bemerkbar machen würde. Er hatte sich jedenfalls nie Mühe gegeben, sie irgendwie zu verbergen. Aber George hatte sie nie bemerkt und immer wieder einen neuen blöden Spruch auf den Lippen. Adam verstand nicht, wie es sein durfte, dass ein Mensch einfach in das Leben eines anderen treten konnte und für eine solche Minderung der Lebensfreude sorgte. Und er konnte noch nicht mal irgendwas dagegen tun. Sein Teamleiter hatte ihm erklärt, dass er für so etwas keine Zeit habe und Adam sich nicht so anstellen solle. »Tolle Hilfe…«, dachte Adam, beim Versuch mit ihm über das Problem zu reden. Er hätte ihn doch einfach in ein anderes Büro setzen können.

Sowieso war das Einzige, was Adam noch in diesem Job hielt das Geld, das ihm monatlich überwiesen wurde. Bei Kündigung der Stelle und Verlust des Gehalts hätte er zu viele andere Gewohnheiten ebenfalls aufgeben müssen. Außerdem hatte Adam Angst, dass es an einem anderen Ort auch nicht besser war. Vom Regen in die Traufe. Also quälte er sich Tag für Tag zu seinem Büro.

»Morgen.«, murmelte Adam.

Er ging auf seinen Platz und legte seine Tasche ab, ohne George eines Blickes zu würdigen. Er *konnte* ihn nicht angucken.

»Guten Morgen.«

George blickte erst flüchtig auf, blieb aber dann neugierig bei der Sache.

»Na du hast dich aber heute schick *für mich* gemacht.«

Er grinste ekelhaft.

Adam hasste ihn. George konnte nicht einfach mal einen normalen Satz sagen, alles sollte immer irgendwie witzig sein. Aber das war es nicht. Überhaupt nicht. Außerdem konnte George wirklich rein gar nichts unkommentiert lassen und musste überall seine Nase reinstecken. Auf seine bekannt witzige Art und Weise. Das Schlimme war, dass die meisten anderen Kollegen aber gut mit George klarkamen, wodurch sich Adam manchmal noch weiter weg von allen fühlte.

Gibt es nicht in jedem Team, in jeder Organisation oder Gruppe von Menschen immer auch einen, der irgendwie anders als alle anderen ist? Ein schwarzes Schaf? Einer, der irgendwie komisch ist? Und wenn man in die Runde guckt und es mal keinen gibt? Tja, dann ist man es wahrscheinlich selbst.

Glücklicherweise gab es noch den einen oder anderen Kollegen, der Adams Meinung in Bezug auf George teilte. Das gab ihm wenigstens ein bisschen Bestätigung.

»Hast du dich wegen des Meetings so raus geputzt?«, beharrte George.

»Nein.«

Adam formulierte immer alles so knapp wie möglich, um nicht mit ihm sprechen zu müssen. Er holte den Laptop aus seiner Tasche und schob ihn in die Dockingstation. Seinen leeren Kalender legte er wie immer daneben.

»Für was denn?«, fragte George.

Adam fand das Ganze so unverschämt, dass er am liebsten gar nichts mehr gesagt hätte.

»Sei nicht so neugierig.«, brachte er dennoch knurrend hervor.

»Bin ich aber.«, George ließ nicht ab.

Er grinste wieder ekelhaft. Ein feuchtes Schmatzen erklang, als er die Mundwinkel nach oben zog und seine schiefen Zähne entblößte. Sein widerliches Grinsen. Adam würdigte ihn immer noch keines Blickes. Er dachte darüber nach, wie es wäre ihm einfach ins Gesicht zu schlagen. Mit merklich lauterer Stimme sagte er dann:

»Das geht dich überhaupt nichts an, George!«

Dabei sah er ihn mit großer Überwindung das erste Mal wirklich an. Aber nicht direkt in die Augen. Er fixierte die Nasenwurzel. Das machte er deshalb, weil Adam seit einiger Zeit Menschen nicht mehr in die Augen gucken konnte. Es lief ihm dann jedes Mal kalt den Rücken runter. Ins Gesicht zu gucken war für ihn schon Herausforderung genug geworden, die er aber immer besser meisterte. Der Nasenwurzeltrick half ihm dabei extrem. Ein Trick, der von vielen Bühnenzauberern angewandt wurde und auch Adolf Hitler benutzte ihn angeblich gerne, um sein Gegenüber zu irritieren. In Adams Fall waren ihm die Wirkungen, die er damit erzielte völlig egal. Er tat es aus reinem Selbstzweck.

»Du bist ja heute wieder drauf…«, George merkte wirklich gar nichts mehr.

Wenn der erste Mensch, der einem morgens begegnet, der erste Mensch, mit dem man morgens reden muss und das jeden Morgen, jemand ist, den man nicht ausstehen kann, kann einen das schon krankmachen.

Das Büro war ein kleiner Raum, der genau so steril und kalt war wie der lange weiße Flur. Auch hier war weiß der hervorstechende Farbton. Der Boden war hellgrau, zwei kleine Fenster, die aber auch nur den Blick auf eine andere weiße Häuserwand boten. In der Ecke stand ein weißer Schrank. Adam nutze ihn nicht und hätte nicht sagen können, was drin war. Vor den Fenstern standen die weißen Tische. Adams und Georges gegenüber, ein Dritter vor Kopf. Die Bürostühle waren ausnahmsweise schwarz, was zusammen mit den anthrazitfarbenen Laptops, Monitoren und Dockingstations den einzigen Kontrast ausmachte, der ins Auge stach. Ansonsten war alles weiß. Weiße Telefone, weiße Ablagen, weiße Zettel, weiße Stifte, ein weißer Block, alles auf den weißen Tischplatten. So steril und monoton, dass Adam davon manchmal schneeblind wurde. Das perfekte Versteck, für einen Polarfuchs im Winterfell. Natürlich hätte er versuchen können, seinen Arbeitsplatz zu personalisieren und etwas farbenfroher und freundlicher zu gestalten. Andererseits war seine Abneigung mittlerweile so groß, dass auch ein Schönlügen nichts an der Situation geändert hätte. Und Adam wollte auch nichts von seinem Privatleben oder Ähnliches preisgeben. So wie George es tat. Und die stolz präsentierten Fotos von seiner Frau und Tochter fand Adam so hässlich und abstoßend, dass ihm damals noch nicht mal eine gewöhnliche Floskel wie »nett« oder »hübsch« über die Lippen gekommen war.

Das Erste, was Adam morgens immer tat, war sich einen Kaffee aus der kleinen Küchenecke am anderen Ende des Flurs zu holen, seine E-Mails zu überfliegen und dann erst mal im Internet zu surfen. Als er heute vor dem Kaffeeautomaten stand, fragte er sich, warum er sich jeden Tag diese Brühe reinschüttete. Es war eine von diesen Instantkaffeemaschinen. Sie wurde mit einer Art Kaffeegelee geladen und mixte diesen dann automatisch mit Wasser. Leider klappte das nicht immer, sodass die Maschine des Öfteren die Flüssigkeiten nacheinander ausspuckte. Ekelhaft. Eigentlich schmeckte es gar nicht. Jedenfalls nicht nach Kaffee. Undefinierbar. Es schmeckte irgendwie nach… grau. Es hatten sich aber alle so an diesen Geschmack gewöhnt, dass keiner ein Wort darüber verlor. Adam wurde es einfach wieder bewusst, als er die Pampe in seine Tasse laufen sah. Zuerst nur tiefbraunes, fast schwarzes Konzentrat, dann schien die Maschine mit einem Brummen ihren Fehler zu bemerken und mischte schnell ebenso viel Wasser hinzu. Lecker. Adam nahm die halb gefüllte Tasse und machte sich wieder auf den Weg zu seinem Platz.

Sein Monitor strahlte ihm bläulich entgegen. Der Computer benötigte noch Adams Passwort zur Authentifizierung. Nachdem er mit allen Pornostars durch war, die ihm einfielen, war er irgendwann zu Beleidigungen und Schimpfwörtern übergegangen. Da man das Passwort aus sicherheitstechnischen Gründen alle paar Wochen ändern musste, war immer seine volle Kreativität gefragt. Einmal hatte er ein Problem und ein Kollege vom Support wollte sich per Fernwartung auf seinen Rechner schalten. Durchs Telefon fragte er Adam nach seinem Passwort. Dieser wäre am liebsten im Boden versunken und wusste nicht, was er antworten sollte. Letztendlich versuchte er es so unrhythmisch zu buchstabieren, dass der Kollege es hoffentlich nicht verstehen würde:

»...also ich buchstabiere: F – uc – kme – in – mya – ss – ext – re – me.«.

Bei der letzten Änderung waren Adam allerdings auch die Beleidigungen ausgegangen. Er tippte sein aktuelles Passwort in die Befehlszeile: »everyday«.

Adams Mailpostfach erinnerte ihn an seinen Wäschekorb zu Hause: Es quoll momentan jeden Tag über. Das lag daran, dass sein Projektteam kurz davor war, eine neue Softwareversion herauszubringen und es sehr hektisch zuging. Das Projekt lief derzeit alles andere als gut und es waren noch so viele Sachen kurzfristig einzubauen und zu programmieren. Der Termin des Release musste eingehalten werden, wenn Adams Firma keinen Vertragsbruch riskieren wollte. Alle waren sehr angespannt und nervös. Vor allem die Chefetage.

Nur Adam juckte das alles nicht mehr. Der Druck und die Hektik, die die ganze Abteilung durchfuhr, ging an ihm vorbei. Zuerst waren es seine Schlafprobleme, die ein konzentriertes Arbeiten fast unmöglich machten. Diese wichen dann totalem Desinteresse. Und zuletzt war Adam sogar so weit, dass er gerne gesehen hätte, welche Köpfe rollen würden, wenn das Projekt Schiffbruch erlitt. Allerdings wäre sein Kopf davon wohl auch betroffen. Wegen seiner momentanen Verfassung war er die letzten Wochen eher unangenehm aufgefallen und musste sich oft bei seinen Vorgesetzten dafür rechtfertigen. Die ganze Sache schien an einem seidenen Faden zu hängen.

Adam gehörte zu der Entwicklergruppe des Projektes. Er war dafür zuständig, sogenannte Module und Funktionen der Software zu programmieren. Darin war er auch gut, lediglich seine Motivation ließ seit geraumer Zeit zu wünschen übrig. Adam legte allerdings einen sehr eigenen Programmierstil an den Tag. Oft war es so, dass sich Kollegen beim Arbeiten mit Adams Programmcode sehr schwertaten, weil er kompliziert und verschachtelt geschrieben war. Er machte Schleifen, wenn keine erwartet wurden oder benutzte Prozeduren, die die anderen nicht verstanden. Außerdem war Adams Dokumentation immer sehr mangelhaft, worauf er oft hingewiesen wurde und stets Besserung geloben musste. Adam machte dies ohne besonderen Grund. Es war einfach sein Stil. Der Vorteil, der sich für ihn daraus ergab, war, dass Adam in einer Art und Weise unverzichtbar geworden und für das Projekt nicht minder von Bedeutung war. Und die Teile, die er programmierte funktionierten ja, nur, wenn andere Kollegen mit dem Code arbeiten mussten, gab es Probleme, die meistens nur Adam selbst geradebiegen konnte.

Wenn man Programmierer ist, programmiert man eigentlich gar nicht richtig. Es ist mehr ein Wiederverwerten und Zusammenbauen von alten, schon mal da gewesenen Programmen. Immer existiert irgendwo schon irgendwas auf das man aufsetzen kann oder es wird etwas halb Fertiges eingekauft. Kein Programm wird mehr mit der ersten Zeile begonnen. Warum das Rad neu erfinden? Und Adam war im Resteverwerten ganz groß. Ein wahrer Künstler. Natürlich musste er auch noch selbst programmieren, aber dieser Teil beschränkte sich auf ein Minimum. Oder er bediente sich einfach irgendwo im Internet, in einem Forum.

Adam war gerade wieder dabei sich seinen E-Mails zu widmen. Einladungen zu irgendwelchen Meetings, Statusabfragen, Fragen und Informationen von anderen Kollegen, Newsletter. Adam las diese Mails seit Anfang der Woche nicht mehr. Er hatte keine Lust mehr. Er hatte genug davon. Aber eine Mail von Igor fiel ihm ins Auge, die er öffnete. Igor war der einzige Kollege aus Adams Team, mit dem er ein paar private Worte sprach und auch schon durch die Clubs gezogen war. Sie waren etwa im gleichen Alter, verstanden sich ganz gut, aber mehr war da nicht. Die Mail enthielt ein Video, in dem sich eine nackte Frau, in High Heels und mit festen Brüsten auf einem Bett rekelte und selbst befriedigte. Adam schaute es sich uninteressiert an. Er kannte das Video schon. Gleich würde sie kommen. Kurz darauf klingelte sein Telefon. Im Display konnte Adam erkennen, dass es Igor war. Obwohl er sein Büro nur ein paar Meter den Flur runter hatte, telefonierte er lieber, anstatt vorbei zu kommen. Das lag vermutlich daran, dass er sich George ersparen wollte. Adam nahm den Hörer ab.

»Guten Morgen der Herr…«

»Morgen Herr Kosic, schon so früh am Platz?«, Igor klang gut gelaunt.

Selbstverständlich waren sie per Du, trotzdem kam es hin und wieder vor, dass sie sich mit dem Nachnamen ansprachen. Einfach aus Spaß.

»Natürlich, natürlich, so wie immer.«, antwortete Adam mit spöttisch aufgesetzter Stimme. »Und selbst? Heute auch so früh?«

»Ja, gerade angekommen …leider. Steht ja noch viel an…«

»Hab gerade die Mail von dir …gelesen…«, dies betonte er so, als würde das »gelesen« in Anführungsstrichen stehen.

»Jo, ist die Kleine nicht geil?«, unterbrach ihn Igor.

»Die Kleine heißt Heather Heaven…«, gab Adam monoton von sich.

George schielte neugierig über seinen Monitor herüber.

»Man, wie du das immer weißt… echt bemerkenswert. Hast du Lust auf einen Kaffee?«, Adam kippte den letzten Schluck gerade runter, als er antwortete:

»Jo… ich hol dich ab.«

Er ließ den Hörer auf das Telefon knallen und erhob sich kommentarlos von seinem Platz. George klickte beleidigt auf seiner Maus herum.

08:49

Adam war noch keine volle Stunde da und machte quasi schon die zweite Kaffeepause. Eigentlich begann jeder Tag so. Er war mit Igor in das große Bistro im 24. Stock gefahren. Um diese Uhrzeit war dort oben kaum was los. Ganz am anderen Ende war noch ein Grüppchen mit ihrem Frühstück beschäftigt, sonst war der Saal verlassen. Igor und Adam saßen sich entspannt an einem der kleinen runden Tische gegenüber. Adam schon fast zu entspannt, er lag beinahe in dem Stuhl. Sie tranken Kaffee. Adam schwarz, Igor mit Milch und Zucker. Der Kaffeeautomat im Bistro war etwas besser als der in der kleinen Küchenecke auf ihrer Etage. Sie schwiegen sich an. So wie immer. Das ging jeden Morgen so. Zuerst war Igor natürlich Adams Erscheinung am heutigen Tag aufgefallen. Obwohl auch er einen Anzug trug, war der Unterschied immens. Adam hatte sich eigentlich vorgenommen auch Igor zu sagen, dass ihn das nichts anginge. Aber dann hatte Igor ihm leidgetan und er erfand – wie so oft – eine Lüge und erzählte irgendetwas von seiner Mutter und einem Anwalt. Igor hatte es nicht ganz verstanden und nicht weiter nachgefragt, was Adam ganz recht war. Nicht etwa, weil Igor Sprachprobleme hatte, er war schon als Kind mit seinen Eltern eingewandert, sondern weil Igor nicht der Hellste war und es ihm oft peinlich war nachzufragen. Adam nutzte das hin und wieder zu seinem Vorteil, wenn er keine Lust hatte, etwas detailliert zu schildern. Allerdings wurde es umso anstrengender, wenn Igor beharrlich blieb und etwas genau wissen wollte.

Heute schwiegen sie sich also wie so häufig an. Adam langweilte das nur noch. Es wurde immer nur nerviger. Das lag hauptsächlich daran, dass auch Igor mit seinem Leben nicht klarkam und sie sich deshalb einfach nichts zu sagen hatten. Und aus diesem Grund brauchte er Adam. Einen Menschen, dem es noch dreckiger ging, sodass er selbst gar nicht mehr so schlecht dastand und sich dadurch besser fühlte. Adam wusste das. So saßen sie sich also gegenüber, »zwei Loser«, dachte Adam.

Igor setzte zu einem Gespräch an. Das lief immer in derselben Form ab. Jeden Tag. »Was hast du gestern noch gemacht?«, oder »Was machst du heute?«, oder »Was steht an am Wochenende?«. Meistens beantwortete Adam diese Fragen dann mit »Nichts.« oder »Ich weiß nicht.« und Igor fühlte sich besser. Fühlte sich weniger minderwertig. Adam konnte die Prozedur auswendig.

»Wolltest du dich nicht gestern noch mit deinem Freund treffen?«

Igor blickte von seiner Kaffeetasse hoch.

»…ja… aber es hat nicht geklappt…«

Adam verharrte mit seinem Blick ins Nichts.

»Wieso nicht?«, hakte Igor nach.

»Er hatte vergessen, dass er noch eine andere Verabredung hatte…«

»Aha… komische Freunde hast du…«

Adam antwortete nicht. Sie saßen wieder nur da und schlürften stumm aus ihren heißen Tassen. Langsam griff Adam in die linke Tasche seines Sakkos und holte das Päckchen Zigaretten hervor. Ungeschickt steckte er sich eine an.

»Hier ist Rauchen verboten.«

Igor blickte sich erschrocken um. Langsam stieß Adam den Rauch aus.

»Ist doch scheißegal.«, seufzte er erschöpft.

Es war ja niemand da. Die anderen Personen hatten den Saal bereits verlassen. Es war nur mal wieder Igors übliche Panik vor allem. Keine Ahnung was er in Rumänien, oder wo auch immer er herkam, erlebt hatte, aber er befolgte am liebsten strikt alle Regeln, bevor er auch nur eine Kleinigkeit falsch machte.

Eigentlich rauchte Adam gar nicht. Manchmal, wenn er mit Schmidt oder Walther nachts um die Häuser zog und Alkohol im Spiel war, konnte es schon mal passieren, dass irgendwann auch Zigaretten dazu kamen. Das war's auch schon. Aber seit ein paar Tagen rauchte er eine nach der anderen. Einfach so. Es wirkte noch etwas hölzern und nach den ersten Zügen war ihm regelmäßig schlecht und schwindelig. Auch jetzt wäre er beinahe vom Stuhl gefallen.

»Hey, sollen wir am Wochenende nicht mal wieder durch ein paar Clubs ziehen?«

Igor stellte die Tasse so laut auf dem Tisch ab, dass es Adam aus seinem Tagtraum riss. Er überlegte kurz.

»Nein, am Wochenende geht es nicht, da…«

Er hielt inne, dann nahm er Igors Blick auf.

»Klar, warum eigentlich nicht.«

»Ja super. Da hab ich wenigstens etwas, worauf ich mich freuen kann.«

Igor leerte seinen Kaffee.

»Lass uns die Tage was festmachen.«

»Machen wir.«, murmelte Adam.

»…ein paar Weiber aufreißen…«, zwinkerte Igor ihm grinsend zu.

»Mhmh, *wir* und Weiber aufreißen…«, dachte Adam ironisch ohne es auszusprechen. Meistens standen sie schweigend in einer Ecke der Tanzfläche und kippten ein Bier nach dem anderen, zu schüchtern und verklemmt, um mit dem anderen Geschlecht überhaupt Kontakt aufzunehmen. Igor vertrug nicht viel und lallte Adam immer schon nach kürzester Zeit an, um ihm etwas mitzuteilen wie »Boah, guck mal die!« oder »ALTER!«, wobei er die Kontrolle über seine Zunge schon so weit verloren hatte, dass er Adam jedes Mal mit einem Nebel aus kalter Spucke vollsprühte. Irgendwann war dann auch Adam so betrunken, dass es überhaupt keinen Sinn mehr hatte, irgendwelchen Kontakt zu Frauen aufzunehmen. Und selbst wenn, Adam stellte sich die Frage, warum er *hier* überhaupt jemanden ansprechen sollte. One-Night-Stand? Ne, nicht mit seinem geschwollenen Penis. Beziehung? Ne, nicht mit einer dieser aufgedonnerten Tussen.

Als Adam seine Tasse geleert hatte, war ihm richtig schlecht. Nach dem dritten Kaffee, zwei davon ekelhaft und keine Ahnung wie vielen Zigaretten, alle ekelhaft, rumorte es in seinen Eingeweiden. Der Wodka gestern Nacht war sicherlich auch nicht zuträglich. Die beiden standen schon wieder an den Fahrstühlen, als Adam Igor klarmachte, er solle alleine nach unten fahren und zu den Toiletten stürmte.

Er war allein. Bei dem Gang über die weißen Fliesen dachte er, dass sich das flaue Gefühl schon wieder gelegt hätte. Als er sich aber sicherheitshalber trotzdem über die Schüssel in der hintersten Kabine beugte und ihm ein unvergleichliches Aroma von Scheiße und Industriereiniger in die Nase stieg, übergab er sich mit einem lauten Würgen. Eine solche Wucht durchfuhr seinen Körper, dass seine Krawatte beinahe vorwärts in den breiten, dickflüssigen Strahl aus Kotze gebaumelt wäre. Gerade konnte er sie noch mit der linken Hand zurückhalten. Drei Mal sprudelte es nur so aus ihm heraus. Adam dachte die Adern auf seiner Stirn würden platzen. Er konnte spüren, wie das Blut durch sie hindurchgepumpt wurde. Die weichen, undefinierbaren Klumpen, die sich zwischen seinen Lippen und dem Zahnfleisch sammelten, hätten ihn vor Ekel beinahe erneut erbrechen lassen. Aber die Würger wurden kleiner, bis sie lediglich in Spucke übergingen. Erschöpft und mit hochrotem Kopf stütze er sich an der Kabinenwand ab. Sofort kontrollierte er seinen Anzug, konnte aber mit seinen tränenerfüllten Augen nichts sehen. Einige schwammen schon in seinen Brillengläsern. Schwach zog sich Adam hoch. Das flaue Gefühl war jedenfalls verschwunden. Er trat zum Waschbecken, nahm seine Brille ab, wusch sich das Gesicht mit eiskaltem Wasser und spülte sich den Mund aus. Dann kontrollierte er sich im Spiegel. Der Anzug war sauber. Sein Körper hatte so heftig reagiert, dass sich unter seinen Augen kleine rote Pünktchen auf der Haut gebildet hatten. Seine Schuhe, die nicht so glimpflich davongekommen waren wie der Anzug, wischte er mit ein paar feuchten Papiertüchern ab. Zu Adams Beruhigen wurden sie wieder so sauber und glänzend wie zuvor. Doch was war das? Es klebten doch ein paar hellbraune Bröckchen auf seiner Krawatte. Schnell hielt er sie unter den laufenden Wasserhahn, ohne sie zu lösen. Konnte er für dieses edle Stück einfach Seife nehmen? Er wusste es nicht. Das strömende Wasser musste ausreichen. Danach reinigte er seine Brille und setzte sie wieder auf die Nase. Wieder zeigte ihm sein Spiegelbild den Mittelfinger. *Er* zeigte sich den Mittelfinger. Wann hatte er Sushi gegessen?

09:19

Adam zuckte zusammen. Erschrocken kontrollierte er seine Rolex. Er saß wieder in seinem Büro, an seinem Platz, konnte sich aber nicht erinnern, wie er wieder dorthin gekommen war. Einer seiner typischen Tagträume in letzter Zeit, ein Weggetretensein. Wahrscheinlich folge der Schlaflosigkeit, wer weiß was sonst noch. George schielte wieder neugierig rüber. Carl, Adams zweiter Bürokollege, war inzwischen auch an seinem Platz. Er musste ihn begrüßt haben, ohne sich jetzt daran erinnern zu können. Carl schien Adams geistige Abwesenheit gar nicht bemerkt zu haben. Er reagierte nicht und war mit irgendetwas auf seinem Monitor beschäftigt. Er war ebenfalls wesentlich älter, noch etwas älter als George. Mit ihm verstand sich Adam ganz gut. Manchmal überlegte er, wo genau der Unterschied zwischen den beiden lag und woher diese Abneigung gegen George kam. Adam konnte sich auch nicht mehr entsinnen, was er Carl wegen seines heutigen Auftretens entgegnet hatte, oder ob er überhaupt etwas gesagt hatte, sicherlich hatte Carl ihn darauf angesprochen. Wahrscheinlich hatte er auch ihm eine Lüge aufgetischt, so wie Igor.

Ein paar Minuten klickte sich Adam noch durch das Internet, dann fing er vor lauter Langeweile an zu arbeiten. Eigentlich hatte er sich vorgenommen heute gar nichts Produktives zu tun, aber nun saß er doch über dem Stoff. Für ihn war programmieren fast so wie Kunst. Wie ein Buch zu schreiben, ein Bild zu malen. In seinem ganz eigenen Stil. Es hatte ihm mal so gut gefallen, aber mittlerweile fand er gar nichts mehr daran. Irgendwann war es ihm egal geworden. Auf der Welle der Inspiration schwamm er ganz unten.

Für seinen Part der neuen Version hatte Adam eigentlich alles fertig. Es fehlte lediglich noch ein Programmteil, der allerdings eine komplizierte Datenbankabfrage beinhaltete. Dieses Konstrukt hatte er bis zuletzt liegen gelassen. Das machte er immer so. Adam arbeitete seine Aufgaben von leicht nach schwer ab. Und mit diesem letzten Programmteil war er nun maßlos in Verzug geraten. Adam hatte es so lange aufgeschoben und rumgetrödelt, dass nur noch wenige Tage bis zur Deadline blieben. Es war unmöglich noch rechtzeitig alleine damit fertig zu werden. Aber Adam war deshalb keineswegs in Aufregung, geschweige denn in Panik. Er war heute so cool wie lange nicht. Er wusste, ihm konnte nichts mehr passieren. Was sollten sie schon machen? Ihn abmahnen? Ihm kündigen? Ihn verklagen? »Macht doch«, dachte Adam. »Es wird schon irgendwie weitergehen. Aber für euch mache ich mich nicht mehr krumm.«. Er spürte eine Leichtigkeit, wie er sie noch nie gefühlt hatte. Und es tat sehr gut.

Der Chefetage, im Speziellen seinem direkten Vorgesetzten Mr. Rupper, log Adam seit geraumer Zeit einen voll im Soll liegenden Zeitplan vor. Heute um 11:00 war das letzte große Statusmeeting des Projekts angesetzt. Alle würden zusammenkommen. Die Entwickler, die Datenbankspezialisten, die gesamte Chefetage. Soweit Adam wusste auch einige Vertreter von Kundenseite. Es sollte geprüft werden, an welchen Stellen es die letzten Energien zu bündeln galt, damit alles glatt über die Bühne ging. Die Kunden waren bereits gereizt genug, da sich das gesamte Projekt zäh hinzog. Mit einem Folge- oder Servicevertrag war nur zu rechnen, sollte die Softwareeinführung ohne größere Probleme über die Bühne gehen.

Adam überflog oberflächlich seine halb fertig geschriebenen und zusammenkopierten Codezeilen. Plötzlich packte ihn der Elan und ein unverhoffter Geistesblitz durchzuckte ihn. Dies betraf allerdings nicht seinen unfertigen und lückenhaften Quellcode. Adam eröffnete eine ganz neue Baustelle, die er so eifrig und mit solch einer Lust anging, wie schon lange nicht mehr. Ein vergessenes Gefühl. Wie ein kleines Kind, das die Funktionen seines neuen Spielzeugs ausprobiert, hätte er aufgrund seiner fabelhaften Idee beinahe gejauchzt. Wahrscheinlich hatte er sogar unbewusst gelächelt.

»Na da hat aber jetzt jemand eine Erleuchtung.«, bemerkte Carl.

Adam reagierte nicht. Er hörte es nicht einmal, so sehr war er in seinen Gedanken versunken.

Erst durch das Klopfen wurde Adam wieder aus seinem Tatendrang gerissen. Er und George blickten auf, Carl drehte sich zur Tür, die wie immer offenstand. Rupper war von einer Statur, dass er den Türrahmen in der Breite beinahe ausfüllte. Er klopfte laut mit den Knöcheln seiner rechten Hand dagegen.

»Guten Morgen zusammen.«, sagte er deutlich angespannt mit seiner lauten Stimme, die Adams Kopf vollkommen von seinen restlichen Gedanken leerte.

Rupper trat in das kleine Büro und begrüßte alle einzeln mit einem festen Händedruck. Zuerst Carl, dann George, zuletzt Adam. Er war dabei als Einziger auf seinem Stuhl sitzen geblieben, was sein Vorgesetzter wahrscheinlich als respektlos auffasste.

»Wie sieht es aus Mr. Kosic?«, kam er unvermittelt zum Punkt, wobei er neugierig auf Adams Monitor schaute.

Auf Smalltalk und Geplänkel war ihm die Lust scheinbar vergangen. Als ob er auch nur eine Zeile von dem, was auf dem Bildschirm stand, verstand. Der typische Chef fand Adam, der im Herumschubsen seiner Angestellten ein ganz Großer war, aber vom Fachlichen nicht den leisesten Schimmer hatte. Er fand auch, dass er wie ein typischer Chef aussah: fett und hässlich, so wie alle Vorgesetzten, die Adam bereits in seiner kurzen Karriere erlebt hatte. Wo waren eigentlich diese ganzen geilen *Chefinnen*, die er aus Pornofilmen kannte? Mit seinen ausdruckslosen Aalaugen schielte Rupper immer über eine absolut unpassende Lesebrille, die scheinbar mit einem solchen Druck um seinen großen Wasserkopf gespannt war, dass es aussah, als würden die Bügel jeden Moment abexplodieren. Seiner korpulenten Figur hatte er es wohl zu verdanken, dass ihm stets der Schweiß auf der Stirn stand und er schnaubte wie ein Asthmatiker, der gerade zu Fuß in den dritten Stock hatte gehen müssen. Seine heute kornblumenblaue Krawatte reichte nicht bis zum Hosenbund, da sein Bauch so sehr hervorquoll, dass das letzte Viertel des Schlipses auf der Wampe auflag und der letzte Teil dadurch abstand, wie eine Sprungschanze. Seine linke Hand war ständig rot angelaufen, weil seine zu enge, goldene Armbanduhr die Blutzirkulation abschnürte. Auf dem Kopf sah Rupper aus wie ein verfilzter Besen. Einige der Kollegen spaßten, er solle sich endlich ein neues Toupet zulegen, nur handelte es sich dabei um seine echten Haare. Die Farbe war undefinierbar. Eine Mischung aus grau, blond und Dreck, als ob die Farben eines Malkastens versehentlich zusammengelaufen waren. Dazu kleidete sich Rupper meist in Anzüge, die aus dem letzten Jahrzehnt zu stammen schienen, oder kombinierte Hose und Jacke so unpassend, dass man ihm Farbenblindheit vorwerfen musste. Am besten gefiel Adam das dunkelblaue Jackett mit den großen grünen Quadraten und den dunkelbraunen Lederknöpfen. Dazu eine hellbraune Hose. Oder Ocker. Rupper war verheiratet und hatte zwei Töchter in Adams Alter. Eine von ihnen war ihm einmal bei einer gemeinsamen Abendveranstaltung begegnet. Sie hatte ihn ein bisschen an Cara Cupcakes erinnert – bis auf die riesigen Silikonbrüste.

»Nur noch Kleinigkeiten Mr. Rupper. Ein paar Labelanpassungen und so…«, entgegnete Adam mit sanfter Stimme.

Doch er spürte, dass Rupper nicht zufrieden damit war. Sie würden keine Freunde mehr werden.

»Sie kommen mal bitte in fünf Minuten in mein Büro.«

Er hinterließ im Raum eine eisige Stimmung. George und Carl blickten Adam verstohlen an.

»Na, was der wohl wieder will…?«

Ein typisches Statement von George. Er wollte das Eis brechen und sich wieder auf Adams Seite schlagen.

»Kümmer dich um deinen Kram!«, zischte Adam ihn an, womit er ihn endlich für den Rest des Tages stillgelegt haben sollte.

Carl war sowieso eher der defensive Typ und fing stumm wieder an auf seiner Tatstatur zu klimpern. Mit seinem flachen Kopf und dem ausgestreckten Hals sah er immer aus wie ein Zweizehenfaultier. Manchmal bewegte er sich sogar wie eines. Wie in Zeitlupe.

»Machen Sie bitte die Tür hinter sich zu.«, empfing ihn Rupper.

Er bot ihm nicht mal an, sich zu setzen, sondern kam unvermittelt zur Sache.

»Mr. Kosic, ich hoffe, Sie haben endlich begriffen, was die Stunde geschlagen hat!?«

Adam antwortete nicht, Rupper hatte aber auch keine Antwort erwartet. Er redete einfach in harschem Ton weiter.

»Ich weiß nicht von welchem Teufel Sie momentan geritten werden, aber Sie haben sich dafür eindeutig den falschen Zeitpunkt ausgesucht! Was ist Ihnen da zu Kopf gestiegen, Kosic? Und wie sehen Sie heute schon wieder aus? Den Einzigen, den Sie hier lächerlich machen, sind Sie selbst!«

Er senkte die Stimme und wurde eindringlicher.

»Sie wissen, von welcher Wichtigkeit das Projekt ist. Wir dürfen uns hier keine Unregelmäßigkeiten mehr erlauben. Also reißen Sie sich wenigstens die nächsten Wochen noch zusammen!«

Adam ließ alles regungslos über sich ergehen. Reden schwingen konnte Rupper, das musste man ihm lassen.

»Und was zur Hölle läuft da mit Mrs. Webb!? Ich habe vorhin mit ihr gesprochen. Sie haben sich immer noch nicht bei ihr blicken lassen? Das hätte schon vor Tagen erledigt sein sollen!«

Rupper holte gefühlt zum ersten Mal Luft.

»Wenn *Sie* in dieser Endphase nicht so wichtig für uns wären, hätte ich Sie schon lange rausgeschmissen, Kosic! Zwingen Sie uns nicht rechtliche Schritte gegen Sie einzuleiten, das würde Ihnen nicht bekommen!«

Dann beruhigte er sich und beugte sich über seinen Schreibtisch etwas näher zu Adam hin. Plötzlich redete er mit sanfter Stimme, fast fürsorglich aber immer noch bestimmt.

»Kosic, wenn Sie möchten, setzen wir uns noch einmal zusammen, wenn dieses Scheißprojekt über die Bühne gebracht ist, und reden mal über Ihre Arbeit hier. Denken Sie mir gefallen die Vorgaben und wie die ganze Scheiße läuft?«

So hatte Adam ihn noch nie sprechen hören.

»Ich kann Ihr Freund sein Kosic. Wir bekommen wahrscheinlich den Zuschlag für das Folgeprojekt. Mit Service,

Support und allem Drum und Dran, das ganze Paket. Vielleicht eröffnen sich in diesem Rahmen für Sie neue Perspektiven mit engagierteren Zielen. Wollen Sie mehr Geld? Brauchen Sie eine Auszeit? Ich lasse über alles mit mir reden Kosic, aber erst, wenn das hier vorbei ist. Ihr Wohl liegt mir doch auch am Herzen, Adam… ich will Ihnen helfen.«

Mit erwartungsvollem Blick schaute Rupper zu ihm empor.

Adam ging dieses ganze pseudomotivatorische Managementlatein gehörig auf den Geist. Es wurde immer hochtrabend von »Zielen«, »Perspektiven« und »Motivation« gefaselt, aber in Wirklichkeit war der Einzelne gar nichts wert. So fühlte sich Adam zumindest. Solange er nun schon hier arbeitete, hatte sich noch niemand um seine Perspektiven oder Motivation geschert. Es wurde immer nur versucht, die Angestellten mit irgendwelchen Spielchen bei der Stange zu halten. Neue Zeitungen zum Draufscheißen in die Ställe zu legen, wie für Hühner in einer Legebatterie. Die Belegschaft wurde doch schon gar nicht mehr als Menschen gesehen. Sie waren zu einer Ware verkommen. Floskeln, wie »…wie viele Manntage?« oder »…brauchen mehr Manpower…« drehten Adam jedes Mal den Magen um. Man war kein Individuum mehr, sondern nur noch bloßer Nutzgegenstand. Menschen wurden für die Dauer von Projekten »eingekauft«, wie irgendwelche Roboter oder Maschinen. Nach Ablauf konnten sie sehen, wo sie blieben. Und um alle bei Laune zu halten, wurde ihnen eine schöne heile Welt vorgegaukelt.

Adam war immer der Typ, der bei solchen Ansprachen oder Standpauken ganz ruhig blieb, zurückhaltend, fast schüchtern und alles über sich ergehen ließ. Das war schon zu Schulzeiten so, wenn ein Lehrer laut wurde und ihn wegen irgendetwas zurechtwies. Er wartete ab, bis alles vorbei war, und probierte höchstens mit halblauter Stimme sich zu rechtfertigen. Oft lief sein Kopf dabei hochrot an. »Benimm dich und sei brav.«, hatte seine Mutter immer gesagt. Er war zu gut erzogen und zu feige, um einer Autorität Paroli zu bieten. Vor allem wenn er wusste, dass er mehr oder weniger zu Recht angeprangert wurde.

Nun war es an Adam etwas zu sagen. Aber als er nun in sich hineinhorchte, war da nichts mehr. Keine lodernde Wut, kein abgrundtiefer Hass, kein »Fick dich selbst, du Arschloch!«. Adam war bewusst geworden, dass ihm heute und vor allem in diesem Moment, nichts passieren konnte. Rupper konnte ihm keine Angst mehr machen. Adam war für ihn unverwundbar geworden. Was sollte schon passieren? Sie würden ihn fristlos entlassen? Die Firma würde die paar Kröten, die er noch besaß, aus ihm rausklagen? Das Leben würde weitergehen! Selbst wenn Rupper ihm jetzt voller Wut ins Gesicht schlagen, oder ihm seine angeschwollene rote Hand in den Anus schieben würde. Adam würde hier rausspazieren und das Leben würde weitergehen. Auch ohne diese Scheiße hier. Dieser Job war doch nicht sein Leben! Völlig unbeeindruckt erwiderte er Ruppers Blick. Wie ein dummer Hund, der gar nicht weiß, dass er etwas falsch gemacht hat. Er sprach mit sicherer Stimme:

»Ich habe Ihnen bereits mitgeteilt Mr. Rupper, dass ich mich voll im Zeitplan befinde. Und mein Auftreten sowie mein Privatleben gehen Sie gar nichts an.«

Rupper blickte ihn wie erstarrt an. Es war, als wäre die Zeit kurz stehen geblieben. Dann bewegte sich der dicke Körper in dem quietschenden Bürostuhl und er antwortete lediglich:

»Gut, Kosic. Ich habe Mrs. Webb gesagt, dass Sie sich heute noch bei ihr melden, damit das endlich vom Tisch ist.«

Er deutete zur Tür und signalisierte, dass das Gespräch beendet war. Wahrscheinlich war Rupper, nachdem er die Worte »…voll im Zeitplan…« gehört hatte, eh alles andere egal. Adam machte sich nichts mehr daraus, was Rupper oder wer auch immer von ihm hielt. Nicht mehr.

Bei dem langen Weg zurück zu seinem Büro, bemerkte Adam aus den Augenwinkeln, dass die Kollegen der umliegenden Räume verhalten aufschauten, als er das Zimmer des Chefs verließ. Die dünnen Gipswände sorgten für weniger Abschirmung, als sie sollten. Erhobenen Hauptes schritt er den kargen Flur entlang. Ihm lag immer noch der Geschmack des Erbrochenen auf der Zunge.

`10:04`

Adam schaute auf die Uhr.

11:06

Ohne anzuklopfen, öffnete er die Tür des Konferenzraums und trat ein. Der Raum lag eine Etage über seinem Büro. Alle waren bereits um den großen Tisch versammelt. Alles Männer. Vier Vertreter der Kundenseite, Rupper und ein weiterer Kollege der Chefetage und circa ein Dutzend von Adams Kollegen. Eigentlich war es nie Adams Art sich zu verspäten. Genau genommen gehörte er eher der Fraktion an, die fünf Minuten vor Beginn eines Meetings Platz genommen hatten. Nur nicht negativ auffallen. Zu spät kommen war ausschließlich den Chefs vorbehalten, was aber selbst diese bei einem Kundenbesuch nicht riskierten. Auch das war Adam heute egal. Er hatte es nicht mal absichtlich getan, es war zufällig passiert. Vielleicht hätte er nicht noch zwei ekelhafte Kaffees trinken sollen und hätte so den Toilettengang noch verschieben können. Aber so musste er dem Drang noch kurz vor dem Meeting nachkommen. Adam versuchte, sein »großes Geschäft« immer bei der Arbeit zu erledigen. Immerhin wurde er da fürs Kacken bezahlt. Kommentarlos steuerte er einen leeren Platz in der Runde an. Einige Kollegen lächelten ihm zu, bei anderen war ein gewisses Raunen nicht zu überhören. Rupper stierte ihn an. Die Ader in der Mitte seiner Stirn hatte einen beachtlichen Durchmesser angenommen. Mit eindringlichem Blick fixierte er Adam. Der schlenderte rigoros zu dem freien Platz direkt neben Igor, der kurz Augenkontakt suchte und ein Grinsen unterdrückte.

Adam amüsierte es anzusehen, wie Rupper scheinbar mühsam versuchte seine Beherrschung beizubehalten.

»Mr. Kosic. Einer unserer Entwickler.«, brachte Rupper gegenüber den Kunden verkniffen hervor.

Offensichtlich hatte er gerade mit seiner Präsentation begonnen. Das bedeutete, dass er wie ein Redner vor der Gruppe stand und bunte Bilder kommentierte, die von einem Beamer, der an einen Laptop angeschlossen war, auf eine Leinwand hinter ihm projiziert wurden. Nach kurzer Unruhe durch Adams Auftritt fuhr er damit fort. Bei einem schweifenden Blick in die Runde befiel Adam Unverständnis. Er hätte am liebsten den Kopf geschüttelt. Dort saßen sie alle, als ob es für sie Bestimmung oder Erfüllung war. Die meisten der Kollegen hatten ihre Laptops dabei und vor sich aufgebaut, was wichtig wirken sollte. Alle anderen hatten wenigstens einen Notizblock mitgebracht, auch wenn sie nichts aufschreiben würden. Die Ausnahme war alleine Adam, der ohne jegliche Utensilien zum Meeting gekommen war.

Die hohen Tiere der Chefetage und der Kundenseite traten immer nur im Rudel auf, weshalb sie alle nebeneinander Platz genommen hatten. Dabei schienen ihre fetten Bäuche nur so über die Tischkante zu quellen. Einer fetter als der andere, als würden sie an einem Wettbewerb teilnehmen.

Adam lauschte gelangweilt den Ausführungen über Soll- und Ist-Zahlen und sah sich die bunten Diagramme an, die von der Wand leuchteten. Damit war sein Chef also die ganze Zeit beschäftigt: bunte Bildchen zu erstellen. Adam fand es lächerlich. Er fand alles hier lächerlich. Er erinnerte sich zurück, als er noch ein kleiner Junge war und immer großen Respekt vor Erwachsenen hatte und davor, selbst erwachsen zu werden. Er dachte immer, dass es so etwas Großes, Schweres wäre, erwachsen zu sein. Die Verantwortung, die man zu tragen hatte, die Entscheidungen, die zu fällen waren, die Diskussionen, die man führen musste, die Herausforderungen, denen es sich zu stellen galt. Alles schien so schwer und so weit weg zu sein. Als kleiner Junge hatte er seine Eltern dafür bewundert und zu ihnen aufgeblickt. Sein Vater war Arbeiter gewesen. Ein *richtiger* Arbeiter. Und nun war Adam selbst an diesem Punkt angelangt. Erwachsen sein. Einen Job haben. Arbeiten. Und von seinen Befürchtungen war nichts eingetreten. Ganz im Gegenteil. Die meisten anfallenden Arbeiten und Probleme in seinem Job empfand Adam als so lächerlich und trivial, dass er die ganzen Diskussionen darum nie verstehen konnte. Aus jeder Mücke wurde ein Elefant gemacht und alles wurde endlos durchgekaut. Meetings, Meetings, Meetings. Probleme, die mit einer konsequenten Entscheidung, bloß mit einem Satz hätten beendet werden können, wurden breitgetreten, bis es nicht mehr ging. In unzähligen Diskussionen oder Sit-ins wäre Adam am liebsten aufgestanden und hätte den Raum verlassen, oder hätte die anderen Beteiligten gerne gefragt, ob sie noch alle Tassen im Schrank haben und ob es keine wichtigeren Probleme gäbe, als diesen Scheiß zu diskutieren. Oder Brainstormings. Als wenn diese schlurfenden Zombies hier überhaupt Gehirne hätten. Es war einfach lächerlich. Und wenn man denkt, man hat es mit verantwortungsbewussten Erwachsenen zu tun, stellt sich heraus, dass man in Wirklichkeit umgeben ist von Schleimern, Dummköpfen, Angebern, Lästermäulern, Lügnern, Arschkriechern. Als ob man es mit einem Haufen kleiner, verzogener Gören zu tun hat. Adam fühlte sich jedes Mal zurückversetzt in den Kindergarten.

Sein Blick wanderte auf die große Fensterfront. Dann hinaus auf den angrenzenden Außenbereich. Es war wie eine große Dachterrasse, von der sich Adam nie gefragt hatte, wozu sie eigentlich da war. Wahrscheinlich hatte es irgendwas mit Fluchtwegen zu tun, oder war einfach eine fixe Idee des Architekten gewesen. Jedenfalls befand sich in der Mitte der Terrasse sogar eine kleine, rechteckige Rasenfläche, auf der sich zwei magere Bäumchen in den Himmel reckten. Ein kleiner Vogel hatte Adams Aufmerksamkeit auf sich gelenkt. Es musste ein Rotkehlchen sein. Adam hatte eine Dokumentation gesehen. Klein, beinahe rund, mit einem roten Federkleid am Bauch. Adam beobachtete das Vögelchen, wie es eifrig auf der Grünfläche hin und her hüpfte, und zwischendurch immer kurz innehielt. Es stieg mit ein paar hastigen Flügelschlägen auf und setzte sich auf eines der dürren Bäumchen. Auf einem der kleinen Äste sprang es vor und wieder zurück, nur um kurz danach wieder auf den geschorenen Rasen zu gleiten und seinen Tanz fortzusetzen. Was der Vogel dort genau suchte, konnte Adam nicht erkennen. Aber er fragte sich, ob der kleine Kerl nicht von Grund auf ein einfacheres Schicksal auferlegt bekommen hatte als Adam selbst. Keine Probleme mit irgendwelchen Gefühlen, eine klare Richtung vor Augen, bei der Partnerwahl eher einfach gestrickt. Und wenn er mal zu viel von allem hatte, konnte er einfach davonfliegen.

Als Rupper mit seiner ersten Präsentation nach einer dreiviertel Stunde durch war, schlug er der Runde vor, eine kurze Pause einzulegen und sich mit neuem Kaffee von dem kleinen Sideboard zu versorgen. Ein paar Knabbereien und Gebäck wären auch vorhanden. Adam stellte fest, dass er kein einziges Wort der Präsentation mitbekommen hatte. Er konnte sich nicht mal entsinnen, um was es überhaupt gegangen war. Er musste wieder innerlich weggetreten sein.

Obwohl er sich schon einmal übergeben hatte und man seinen Stuhlgang alles andere als gesund bezeichnen konnte, reihte Adam sich brav zum Kaffeeholen ein. Erst die Kunden, dann die Chefs, dann der Rest. Von irgendwo hinter sich vernahm er »…ey, so elegant heute?«, aber Adam reagierte nicht. Alle Teilnehmer des Meetings waren in Anzug und Krawatte gekleidet, aber mit seinem schwarzen Designerteil stach er noch um Längen heraus. Er bemerkte eine Schachtel mit Mini-Donuts, die sich ihm wie kleine Arschlöcher entgegen reckten. Als er gerade dabei war sich einen Kaffee einzuschenken, trat ein Herr aus der Kundenfraktion an ihn heran und setzte zum Smalltalk an.

»Mal was für die Nerven tun…«, lächelte er Adam freundlich an und steckte sich eins der kleinen Arschlöcher in den Mund. Ein Braunes auch noch. An anderen Tagen hätte Adam jetzt etwas ähnlich Bedeutungsloses entgegnet, ein falsches Bewerbungsfotolächeln aufgesetzt und künstlich auf heiter gemacht. Heute erwiderte er nur kurz den Blick, ohne eine Miene dabei zu verziehen und sagte nichts weiter. Dann machte er sich mit seiner Tasse auf den Weg zum Flur, um dort irgendwo eine Zigarette zu rauchen. Der Kunde blieb wie vor den Kopf gestoßen alleine vor dem Sideboard zurück und schaute ihm verdutzt hinterher. Adam hätte nicht mal den Namen des Menschen gewusst, obwohl er ihn eigentlich hätte wissen sollen. Es war ihm egal, es musste ihn nicht mehr jeder sympathisch finden.

Es herrschte reger Betrieb. Alle fanden sich zu irgendwelchen Grüppchen zusammen und machten auf Heiterkeit und Smalltalk. Adams Kollegen versuchten den Chefs in den Arsch zu kriechen, diese wiederum probierten das bei den Kunden. Sie biederten sich an wie Prostituierte. Adam stellte sich die Arschkriecherparade bildlich vor, wie sie alle mit dem Kopf im Hinterteil des Vordermannes steckten. Fehlte nur noch, dass die vorderste Person ihr Haupt in die Rosette am Ende der Parade steckte. Das hätte den perfekten Arschlochkreis geschlossen.

Adam stand etwas abseits des Treibens, ein Stück den Flur runter, nippte an seinem Kaffee und stieß einen Schwall Rauch aus der Nase, der durch ein geöffnetes Fenster davon schwebte. Nach einer Weile fand ihn Igor und gesellte sich zu ihm. Igor trank keinen Kaffee. Immer nur ganz gewissenhaft einen am Tag. Adam langweilte diese ganze Beziehung. So standen sie einfach nur da und schwiegen sich an. Adam hatte ihn eigentlich gar nicht richtig wahrgenommen.

»…Freitag ins Unique?«

Erst nach ein paar Sekunden bemerkte Adam, dass jemand was gesagt hatte.

»Entschuldige, bitte… was!?«

Igor wiederholte »Ich hab mal im Internet gesucht. Am Freitag scheint im Unique ganz schön was los zu sein.«

»Am Freitag?«, Adam wusste nicht, wovon er sprach.

»Ja, am Freitag… wir wollten doch zusammen losziehen!«, half Igor ihm auf die Sprünge.

»Ach ja…«, nach einer kurzen Pause, in der Adam ganz langsam Rauch aus seinem Mund wabern ließ, fügte er hinzu »Klar, Unique ist gut.«

Igor wirkte bestätigt. Dabei war gar nichts gut. Adam hasste das Unique. Es war momentan der In-Laden schlechthin. Und alles, was den In-Stempel hatte, war in der Regel überhaupt nicht Adams Ding. Man musste erst irgendwie ans andere Ende der Stadt kommen und eine horrende Taxirechnung begleichen, dann über diese Industriemüllhalde waten, um zu dem Bunker zu gelangen, in dem jetzt der Club beheimatet war. War aber alles auf einmal total hipp. Dann verbrachte man gefühlte Stunden in der Schlange vor dem Club und wenn man es dann überhaupt einmal hineingeschafft hatte, war es brechend voll und man musste sich über die dröhnenden Bässe anschreien, um sich zu verständigen. Die gepanschten Drinks begannen bei zehn Dollar und kannten nach obenhin keine Grenzen. Und dann all diese hippen Menschen. Sie waren alle so trendy und cool, und Adam fühlte sich so wenig zugehörig. Klar waren viele von den jungen Mädels nett anzusehen, die sich wie Pornostarlets gaben und wie Poledancerinnen auf der Tanzfläche bewegten. Oder es zumindest versuchten, da offensichtlich noch keine von ihnen jemals einen Pornofilm gesehen hatte, befand Adam. Aber hier jemanden kennenlernen? Jemanden der offensichtlich mehr Zeit vor dem Spiegel, beim Shoppen, oder bei der Kosmetik verbrachte als irgendwo sonst? Man wacht trotzdem morgens irgendwann alleine zu Hause auf, stechende Kopfschmerzen, weil man die ganze Nacht Drinks von minderer Qualität getrunken hat und ein Fiepen auf den Ohren, nicht von der Musik, sondern weil Igor einem die ganze Nacht aus kürzester Distanz ins Ohr geschrien hat. Und die ganze Kohle, die man an einem solchen Abend aufbringen musste, Taxi, Eintritt, Drinks, wieder Taxi, nur um einen One-Night-Stand abzugreifen, nur um was zu ficken zu kriegen. Was dann sowieso nie passierte. Das hätte man bei einer Prostituierten einfacher und vor allem billiger haben können. Beim letzten Mal war Adam einfach abgehauen. Wieder so ein Abend. Er deutete in Richtung der Toiletten und Igor nickte ihm zu. Er selbst hatte gerade vielversprechenden Augenkontakt mit einer Kleinen aufgenommen, wie er am nächsten Arbeitstag erzählte. Als ob! Also drückte sich Adam beschwerlich alleine durch die Menschenmassen und versuchte irgendwie in Richtung der Herrentoilette zu kommen. An dem riesigen Lautsprecher vorbei, der ihm den Kopf wie ein Profiboxer weichzuklopfen schien, eng an eng mit anderen, vor Schweiß triefenden Partygästen. Er hatte daran gedacht, sich einfach hier auf der Tanzfläche zu erleichtern. Es einfach laufen zu lassen. Es würde doch eh niemand merken. Aber nach einer gefühlten Ewigkeit erreichte er sein Ziel gerade noch. Sein Urin schien aus zehn Dollar Scheinen zu bestehen, die er eben noch in die Drinks investiert hatte. Als er danach wieder zur Party stieß, wurde ihm bewusst, dass er denselben verdammten Weg noch einmal zurücklegen musste, um wieder zu Igor zu gelangen. Um weiter rumzustehen, zehn Dollar Drinks zu trinken und sich von Igor ins Ohr schreien zu lassen. Stattdessen hatte er lieber den Ausgang angesteuert, hatte sich ein Taxi herangewunken und war nach Hause gefahren. Igor erzählte er am nächsten Morgen, er hätte ihn in der Menschenmenge einfach nicht wiedergefunden.

Ein paar Sekunden standen sie wieder nur da, ohne etwas zu sagen. Adam bemerkte, dass Igor immer wieder versuchte Augenkontakt mit ihm aufzunehmen, wofür auch immer. Er ignorierte es. Es ging ihm auf die Nerven. Nur um endlich irgendetwas zu sagen, begann Igor:

»Und, was machst du heute noch so?«

Und in diesem Moment hasste Adam ihn. Was wollte er jetzt hören? Er kannte doch die Antwort schon längst! War es doch jeden verdammten Tag das gleiche. »Nichts, Igor! Ich mache heute nichts! Nach der Arbeit werde ich nach Hause fahren, alleine da rumsitzen, mir irgendeine Scheiße beim Pizzataxi bestellen, mir die hundertste Wiederholung von irgendeiner Scheiß-Sitcom angucken, nach einem möglichen Rest von Wodka suchen, wenn keiner mehr da ist, werde ich wahrscheinlich welchen kaufen gehen, und dann werde ich mir so oft einen runterholen, bis irgendwann nur noch Luft kommt! Dann lege ich mich ins Bett und drehe mich von einer Seite auf die andere, bis der scheiß Wecker wieder klingelt! Fühlst du dich jetzt besser? Fühlst du dich jetzt besser, weil du jemanden kennst, der noch minderwertiger ist als du? Fühlst du dich jetzt besser, weil du einen noch größeren Loser kennst als dich selbst? Fühlst du dich jetzt besser, du scheiß Vampir?«. Er hatte nichts davon ausgesprochen. Es lag ihm auf der Zunge, aber er hatte es wieder runter gewürgt, wie einen trockenen Klumpen Brot. Er konnte Igor mit seinem Hundeblick nicht das Herz brechen. Aber seine Wut war nicht zu halten und brauchte ein Ventil. Ohne auf die Frage zu reagieren, richtete er seinen Blick auf Igors Haaransatz, sodass dieser es unweigerlich mitbekommen musste. Adam staunte:

»Was ist mit deinen Haaren los? Warst du sie gestern schneiden, oder werden es einfach immer weniger?«

Igors Mundwinkel wanderten nach unten und die Farbe verschwand aus seinem Gesicht. Adam wusste, dass Igors schütteres Haar sein Kryptonit war. Schon oft hatte er Adam von irgendwelchen in Erwägung gezogenen Haartransplantationen erzählt und wie die Sache an seinem Selbstbewusstsein nagte. Und Adam hatte jetzt einen Pfeil genommen und ihn tief in Igors Achillesferse gebohrt. Igor führte die Finger seiner rechten Hand an seine Geheimratsecken und befühlte die Haut.

»Nein, eigentlich nicht…«, stammelte er mit leiser Stimme.

Nachdem ein paar weitere Sekunden verstrichen, ging er hastig und ohne Kommentar in Richtung der Toiletten, die Nervosität quoll förmlich aus ihm heraus.

Als Rupper die kurze Pause für beendet erklärte und alle Teilnehmer wieder an ihre Plätze bat, rauchte Adam noch in Ruhe seine Zigarette zu Ende und betrat als Letzter der Gruppe wieder den Besprechungsraum. Von Igor war immer noch keine Spur. Rupper war sein Wegbleiben nicht mal aufgefallen, als er mit der Tagesordnung fortsetzte. Adam hatte sich fast schon gemütlich hingesetzt und gerade sein Jackett von ein paar einzelnen Flusen befreit, als er wieder aufblickte. Rupper ließ gerade erneut die heutige Agenda hell an die Leinwand strahlen, damit alle sehen konnten, welcher Tagesordnungspunkt als Nächstes anstand. Adam musste sie, aufgrund seiner Verspätung zu Beginn des Meetings, verpasst haben. Und ohnehin hätte er sie eigentlich kennen sollen. Gleichgültig überflog er die weiteren Themen für heute. Das scheiß Meeting sollte noch bis 18:00 Uhr dauern. Gemeinsames Abendessen im Anschluss. Er konnte sich ein Lächeln nicht verkneifen, wobei ihm bewusst wurde, dass er heute so viel lächelte wie schon lange nicht mehr. Als Nächstes würden noch ein paar weitere Vorträge seiner Kollegen stattfinden. Gegen 13:30 Uhr war ein gemeinsames Mittagessen eingeplant, den Kunden sollte einfach so viel Zucker in den Arsch geblasen werden wie möglich. Und nach dem Lunch sollte endlich die Live-Demonstration erfolgen. Das bedeutete, dass die Software, so wie sie sich momentan auf den Servern befand, dem Kunden vorgestellt wurde. Immerhin war die Entwicklung so weit abgeschlossen, dass die Anwendung ohne grobe Fehler zu bedienen sein sollte. Und das war sie auch. Bis auf Adams Teil. Es gab ein spezielles Menü, über welches man zu den entsprechenden Funktionen kam, die Adam verantwortete. Er wusste nicht genau, ob Rupper das in die Präsentation mit einfließen lassen wollte, aber die Chance, dass er irgendwann zu dem Bereich kam, war sehr groß. Es war immerhin ein wesentlicher Bestandteil der Version. Schlimm genug wäre es, würde Adams Programmteil crashen, abstürzen, oder gar nicht laufen. Adam hätte sich vielleicht noch irgendwie rausreden können, dass er heute noch Aktualisierungen vorgenommen hatte und diese noch nicht wieder aktiv auf dem Server waren. Im wäre wohl schon etwas mehr oder weniger Dubioses eingefallen. Das Szenario wäre schlimm genug. In Wirklichkeit würde es aber noch viel schlimmer kommen. Sollte Rupper im Programmmenü den entsprechenden Button betätigen, würde sehr wohl etwas passieren. Adam hatte bereits den ganzen Vormittag daran gearbeitet, so konzentriert und eifrig wie schon lange nicht mehr. Igors E-Mail, mit dem kleinen Filmchen, hatte ihn dazu inspiriert. Er wusste eigentlich gar nicht genau, dass die Live-Präsentation für heute auf der Agenda stand. Er ging noch einmal alles im Kopf durch, aber es gab keinen Zweifel. Diesmal hatte er sehr gründlich gearbeitet. Ganze Arbeit geleistet.

Mittlerweile stand George als Redner an vorderster Front und schwallte alle mit seinem aufgesetzten Gelaber voll. Adam hatte keine Lust mehr. Die Zeit war ihm zu schade. Deshalb erhob er sich einfach von seinem Stuhl und verließ den Besprechungsraum kommentarlos, ohne sich noch einmal umzudrehen. Zurück ließ er einen Haufen Langweiler und einen ihm verwundert nachschauenden Rupper.

Sollte Rupper wirklich den entsprechenden Button im Menü betätigen, würden die Anwesenden Augen machen. Adam hatte seinen ganzen Programmcode gelöscht. Alle Module und Funktionen und durch etwas Neues ersetzt. Es war gar nicht kompliziert und er hatte nur wenige Zeilen zu programmieren. Die Suche im Internet hatte ihn mehr Zeit gekostet als der eigentliche Code. Das neue Modul könnte später ganz einfach gelöscht werden und wäre somit wieder entfernt, sehr viel länger würde es allerdings dauern, die Funktionen, für welche Adam eigentlich zuständig war, neu zu erstellen. Es würde Wochen dauern. Die Deadline wäre so was von hinüber. Das Video, das er im Internet gefunden hatte, musste er nur noch schneiden. Die volle Szene war viel zu lang und die eigentliche Botschaft war nur ganz am Ende zu sehen. Der gesamte Teil mit der Aubergine musste zu Adams Bedauern leider entfallen. Sobald Rupper den Knopf drückte, würden die letzten zwölf Sekunden des Streifens abgespielt. Fullscreen. Wahrscheinlich würde die Gruppe – seine Kollegen, die Chefs, die Kunden – gar nicht verstehen was da gerade passiert und wie ihnen geschieht. Dann wären die ersten Sekunden bereits verstrichen. Wahrscheinlich würden sie dann als erste Reaktion wie wild auf Maus und Tastatur des Laptops einschlagen, nur hatte Adam es so programmiert, dass eine Eingabe über die Hardware nicht mehr möglich war. Der Computer würde gar nicht reagieren. Die Funktion hatte er im Internet gefunden (danke, COMPUTAFREAK_89#). Ein paar weitere Sekunden würden dahin ticken. Bis vielleicht irgendjemand auf die Idee kommen würde, den Laptop auszuschalten, den Beamer auszuschalten – dann würden sie allerdings den Ton weiterhören – oder einfach komplett den Stecker zu ziehen. Die Chancen standen nicht schlecht, dass die Anwesenden die kompletten zwölf Sekunden über sich ergehen lassen würden.

Ihr Name war Peepee St.Clair. Sie war bereits eine alternde Pornodiva und nicht mehr die Jüngste. Sie hatte in ihrer langen Karriere schon so einiges mitgemacht. Sie hatte eigentlich schon *alles* mitgemacht, wenn Adam so darüber nachdachte. Für ihr Alter war sie immer noch eine attraktive Frau, vor allem ihre tiefen, grünen Augen und ihr voller Mund. Nur würde man ihr hübsches Gesicht gar nicht in den zwölf Sekunden zu sehen bekommen. Die Kameraeinstellung kam von schräg unten. Sie hockte in roten Lack-High-Heels rücklings auf einem Tisch. Ansonsten war sie völlig nackt. Bevor das Objektiv auf ihre gespreizten Backen zoomte, hatte man noch einen Blick auf ihre Silikonbrüste, die auf ihren Knien ruhten. Der Zahn der Zeit und unzählige Misshandlungen hatten dafür gesorgt, dass sie inzwischen aussahen, wie zwei herabhängende Orangennetze, in denen jeweils nur eine Frucht baumelte. Sobald die Kamera ihre endgültige Einstellung erreicht hatte, waren nur noch der After und die tropfenden Schamlippen zu sehen, die beinahe bis auf die Tischplatte reichten. Nach zweimaligem kurzen Zucken der Rosette öffnete sich der Anus leicht, und Peepee würde jauchzend ihren gesamten Darminhalt in einer dicken, braunen Wurst auf die Tischplatte entleeren.

12:15

Als Adam gerade wieder seine Bürotür aufschließen wollte, stampfte Viktoria über den Flur und kam hinter ihm zum Stehen. »Stampfen« trifft es bei Victoria Webb einfach am besten.

»Da bist du ja Adam, ist das Meeting schon vorbei?«, die Antwort wartete sie nicht mal ab, sondern plapperte einfach weiter, so wie immer. »Mr. Rupper meinte, dass wir uns heute endlich mal zusammensetzen sollten…«, mit gesenktem Blick schaute sie ihn strafend an.

Und so saß Adam nun neben Victoria. Ihm war einfach keine Ausrede mehr eingefallen. Rupper hatte Adam irgendwann zu ihr geschickt, damit sie ihn in ein Tool einwies, mit welchem Adam dann zukünftig arbeiten sollte. Victoria würde andere Aufgaben übernehmen. Er empfand es als unwürdig. Eine völlig überflüssige Tätigkeit. Ein völlig belangloses Programm, dessen Ergebnis sich vielleicht mal irgendjemand, irgendwann angucken würde, wahrscheinlich aber eher nicht. Arbeit für die Tonne. Wie so oft. Beschäftigungstherapie. Arbeitsbeschaffungsmaßnahme, weil Victoria sonst gar keine Tätigkeit gehabt hätte. Ein genialer Schachzug seines Chefs, als Adam ihn mal wieder zur Weißglut gebracht hatte. Eine Retourkutsche. Schikane. Mobbing. Kindergarten.

Um Victoria zu beschreiben, fiel Adam nur ein Wort ein: anstrengend. Darum hatte er sich auch schon seit zwei Wochen um die vereinbarte Übergabe gedrückt. Nur eine Stunde zusammen mit Victoria war die pure Folter. Danach fühlte Adam sich jedes Mal wie nach einem Marathon-Lauf. Körperlich und geistig am Ende. Sie war bei der Firma für alle möglichen anfallenden Kleinarbeiten angestellt. Alles, worauf sonst niemand Lust hatte, oder überqualifiziert war. Victoria war das in keinem Fall. Offiziell nannte sich das »Arbeitsvorbereitung«. Arbeitsvorbereitung? Was sollte das sein? Jedenfalls ging es um Tätigkeiten, die Adams Meinung nach jeder Schimpanse hätte ausführen können. Victoria hatte allerdings ein großartiges Talent dafür, alle Sachen so aufzubauschen, dass sie immer immens wichtig erschienen. Und sie wurde nicht müde, jedem immer alles darüber zu erzählen. Sie erinnerte Adam ein bisschen an die Pornodarstellerin… – nein, eigentlich erinnerte sie ihn an überhaupt keine bekannte Darstellerin. Sie sah eher wie jemand aus, den man auf einer Amateurseite im Internet findet. Wo alles mit einer einfachen, wackligen Kamera gefilmt ist, die Hauptdarstellerin in einem privaten Wohnzimmer liegt und ein großes Strandhandtuch, oder Plastikfolie unter sich ausgebreitet hat. Eine Szene, die so billig und amateurhaft ist, dass man sie eigentlich gar nicht sehen will. Aber dann trotzdem dranbleibt. Weil man es einfach nicht glauben kann. Weil es theoretisch in der Wohnung nebenan sein kann.

Viel mehr erinnerte sie Adam manchmal an eine Comicfigur. Victoria war immer übertrieben stark in den unmöglichsten Farben geschminkt und gekleidet. Alles, was der Kleiderschrank und der Maltopf hergaben. Ihr Gesicht war gar nicht mehr hautfarben, sondern ging eher in ein Orange oder noch eher Rot. So dick aufgetragen, dass man sehen konnte, wie ihr die Pampe in Klumpen vom Gesicht hing und die Poren verstopfte. Die Augen immer vollgekleistert, dass man noch Bröckchen an ihnen und zwischen den Wimpern erkennen konnte. Die Lippen großzügig ausgemalt und umrandet, wie die eines Clowns. Nein, noch eher wie die Karikatur eines Clowns. Ihr volles, langes Haar hatte sie in eine Art von Rotlilabraun gefärbt. Ihrem Gesicht sah man es eigentlich noch nicht an, aber umso weiter man seinen Blick an Victoria herunter schweifen ließ, desto breiter wurde sie. Ihr Oberkörper hatte die Form einer Pyramide. Einer Birne. Ihr körperliches Zentrum war ein Arsch, bei dem sich Adam immer wunderte, wie die Bürostühle das überhaupt noch aushalten konnten. Auf die Spitze getrieben wurde es dann letztendlich durch ihr stimmliches Organ. Jeder Marktschreier hätte sie darum beneidet. Laut und schrill. Wenn sie im Nebenbüro einmal lachte, wackelten regelmäßig die Wände.

Victoria quatsche nun schon eine ganze Weile, aber Adam hörte nicht zu. Er schaute aus dem Fenster, oder befreite seine Kleidung von kleinen Flusen und Haaren. Er beobachtete zwischendurch eine winzige Spinne, die von einer Tischkante auf einen gegenüberliegenden Tisch sprang und einen Faden hinter sich herzog. Unglaublich! Das war bestimmt über einen Meter. Das muss für die mutige Spinne wie der Grand Canyon gewesen sein. Nach der Landung wäre sie beinahe abgestürzt, konnte sich aber durch ihren Faden noch retten. Adam war völlig beeindruckt. Ob Victoria sein Desinteresse wahrnahm, wusste er nicht und es war ihm auch egal. Sie plapperte jedenfalls munter weiter, weil das einfach ihre Lieblingsbeschäftigung war. Sie hörte sich einfach gerne selbst reden, ob jemand zuhörte, war eher sekundär. Das wäre auch so weit kein Problem gewesen, hätte Adam seinen Kopf einfach auf Durchzug stellen können. Aber Victoria vollzog alles mal wieder in einer solchen Lautstärke und Intensität, dass es schwerfiel, sich auf irgendetwas anderes zu konzentrieren. Sie zerstümmelte jeden aufkeimenden Gedanken wie ein kreischender Rasenmäher.

Adam erwachte aus seinem Tagtraum, als das Bild auf dem Monitor die Farbe änderte und Victoria eifrig an der Maus rumfingerte. Plötzlich hatte sie wieder seine ungeteilte Aufmerksamkeit. Aber nicht für lange. Adam schaute zwar in ihr Gesicht, aber nicht in ihre großen schwarzen Augen. Wieder fixierte er die Nasenwurzel, um nicht in die dunklen Löcher blicken zu müssen. Dies erwies sich bei Victoria aber als gar nicht so einfach, waren sie doch so dick umrandet und wirkten so riesig, wie bei einem Panda. Adam fragte sich, wie Victoria nur so lange labern konnte. Sie laberte und laberte und laberte und laberte. Es war schrecklich. Er betrachtete sie und versuchte sich ihr Gehirn vorzustellen. Während sie einfach immer weitersprach und ihn erwartungsvoll anblickte, röntge er in Gedanken ihren Schädel. Er konnte nun das Gehirn in ihrem Kopf sehen. Es war ziemlich klein dafür, dass es einen so fetten Arsch bewegen musste. Wie bei einem Dinosaurier. Keine Ahnung, vielleicht hatte sie im Arsch noch ein zweites Gehirn, wie man es beim Brontosaurus vermutete. Wahrscheinlich. Das Röntgenbild erlosch und Adam fokussierte das Gesicht, ihre Haare. Seitdem er bei sich dort einen gewissen Schwund festgestellt hatte, achtete er bei allen Menschen, sei es im Fernsehen, auf Bildern, in einem Porno, bei Bekannten oder Unbekannten, Menschen, bei denen er früher nicht darauf geachtet hatte, auf den Haaransatz. Nur leider war dies bei Victoria Webb unmöglich. Ihr breiter, buschiger, unnatürlich roter Pony hing ihr bis knapp über den Augen. Weil er also damit nicht weiterkam, röntge er wieder ihren Kopf. So wie sie in voller Montur vor ihm saß, nur ihre Haut und die lila Haare waren verschwunden und hatten den Schädel preisgegeben. Wie eins dieser 3D-Modelle aus dem Biologieunterricht. Adam achtete auf ihre Augen und den Kiefer. Er fand es witzig, wie sich die glupschigen, runden Augäpfel aufgeregt in den Höhlen hin und her bewegten und der Unterkiefer unaufhörlich rauf und runterkippte. »Blablablablablablabla«, dachte Adam und kicherte in sich hinein. Er stellte sich vor, der Kiefer würde auf einmal runterfallen. Erst würde er auf der einen Seite ausklinken und sich dann vollständig ablösen. Überbelastung. Adam musste ein Lachen unterdrücken. Irritiert schnappte er nun doch wieder ein paar Worte von Victoria auf. Aber nur, weil diese ihn unerwartet erheiterten. Sie begann eine Auflistung von irgendwas mit den Worten: »A) Nal…«. Adam musste erneut innerlich kichern.

Es war nun eine viertel Stunde her, dass er Victoria gesagt hatte, er hätte langsam mal eine kurze Pause nötig. Sie hatte auch bereitwillig zugestimmt, weil es ja so viel Stoff wäre, der ja so kompliziert sei. Meinte jedenfalls Victoria. Nur leider fand sie seitdem weder Punkt noch Komma und schien dabei noch nicht mal Luft holen zu müssen. Wahrscheinlich konnte sie noch auf irgendeine andere Art Sauerstoff aufnehmen, was wohl von ihrem zweiten Gehirn gesteuert wurde. Adam hatte sich sogar schon in seinem Stuhl vorgelehnt, wovon er dachte, dass diese Geste nicht fehl zu interpretieren sei. Aber Victoria machte keine Anstalten. Er hätte ihr so gerne gesagt, wie sehr sie ihm auf die Nerven ging. »Benimm dich und sei brav.«, hatte seine Mutter immer gesagt. Victoria laberte und laberte immer weiter. Mittlerweile bekam Adam richtige Hassattacken und stellte sich vor, sie abzustechen. Dabei umschloss er den Stift, den er vorher noch aus seinem Büro geholt hatte, mit der Hand so fest, als wenn es ein Fleischermesser wäre. Seine Knöchel wurden dabei ganz weiß. Komischerweise befielen Adam in letzter Zeit öfter solche Gedanken. Aber die behielt er lieber für sich. Wem konnte man so was schon erzählen? Nicht, dass er irgendwann der erste Verdächtige war, sollte tatsächlich jemand, mit zwanzig Messerstichen durchsiebt, im Schrank gefunden werden. Wobei Adam das heute ziemlich egal gewesen wäre.

Adams Stift war sechseckig, wie der Lauf eines alten Westerncolts, nicht etwa rund wie bei neueren Modellen.

Genau wie die dazugehörige Kappe, die den Stift vor dem Austrocknen schützte. Adam bemerkte, dass die Kappe nicht exakt zu den sechs Kanten des Stiftes ausgerichtet war. Er drehte sie langsam in Position, sodass es durchgängige Kanten ergab. Während Victoria weiter mit Worten auf ihn eindrosch, kam es Adam als das Sinnvollste vor, dass er in der letzten halben Stunde getan hatte.

Endlich rief Victoria eine Raucherpause aus. Es war Adams Rettung, dass sie auch starke Raucherin war. Er würde noch kurz in sein Büro gehen hatte er gesagt, um nicht auch noch während einer Zigarette von Victorias unendlichem Redeschwall malträtiert zu werden. Adam fingerte an seiner Bürotür herum und sah aus den Augenwinkeln, wie sie ihr breites Gesäß den Flur runter, in Richtung der Fahrstühle bewegte. Es sah aus wie bei einem afrikanischen Flusspferd. Der Flur bebte. Wo konnte man eigentlich *solche* Hosen kaufen? Eigentlich wollte er gar nicht in das Büro. Er wollte bloß einen Moment für sich, wollte sie bloß loswerden. Er hatte entschieden, den Laptop, die dazugehörige Tasche und seinen leeren Kalender einfach dazulassen. Wenn Rupper mit der Präsentation durch war, würde er die Sachen eh nicht mehr brauchen. Als Victoria aus seinem Blickfeld verschwunden war, machte er kehrt und steuerte das Treppenhaus auf der gegenüberliegenden Seite an, um zum Parkhaus zu gelangen. Fröhlich hüpfte er die Stufen hinab. Beinahe am Ziel angekommen, erregte im Erdgeschoss ein klobiges, rotes Objekt seine Aufmerksamkeit. Adam erstarrte und blickte auf den roten Zylinder. Er hatte noch nie einen Feuerlöscher benutzt. Zum Glück möchte man denken, aber nun war seine

Neugier so groß, dass er das schwere Gerät mit einem kräftigen Ruck aus der Halterung an der Wand löste. Der Feuerlöscher war sagenhaft schwer. Welche zierliche Frau, Rentnerin, körperlich Behinderte oder im schlimmsten Falle welches Kind, sollte so ein Ding benutzen? »Bei dem Brand kam eine Frau ums Leben. Das Zimmer blieb vom Feuer zwar verschont, jedoch wurde die Frau von einem Feuerlöscher zerquetscht.«, stellte sich Adam die Nachrichtenmeldung vor.

Ein paar Sekunden betrachtete er die Bildchen der Gebrauchsanleitung. Dann löste er den schwarzen Schlauch aus seiner Klammer und riss mit einem Ruck die Sicherungsöse vom Abzug; sie landete klirrend auf dem Boden. Den Feuerlöscher hielt er an seinem Griff in der linken Hand, während er den Schlauch in seiner Rechten auf eine Ecke richtete. Einen Moment hielt er noch inne, dann schoss der weiße Schaum zischend hervor, als Adam den Abzug nach unten drückte. Wie eine überdimensionale Ejakulation. Durch den Rückstoß hatte er erst Probleme den Strahl zu dirigieren, aber dann baute sich in Sekundenschnelle eine quellende Schaumwand in der Ecke auf. In kürzester Zeit hatte die blubbernde Masse Hüfthöhe erreicht und schien von sich aus immer noch größer zu werden. Einige Spritzer landeten auf Adams Schuhen und Hosenbeinen. Grinsend entleerte er den gesamten Inhalt. Pfeifend gab der Schlauch nur noch Luft von sich. Das hatte Spaß gemacht. Plötzlich nahm Adam, aus den Augenwinkeln, eine Bewegung war. Langsam drehte er seinen Kopf in die Richtung. Ein Mann stand einen Treppenabsatz weiter unten, musste gerade aus der Tiefgarage gekommen sein. Mit weit aufgerissenen Augen betrachtete er das ungewöhnliche Szenario. Mit einem Knall ließ Adam den Feuerlöscher einfach auf den Boden fallen. Der Mann zuckte zusammen. Eine Fliese zerbarst krachend in mehrere Teile. Er zog sein Jackett zurecht, dann setzte er seinen Gang in die Garage fort. Leichtfüßig hüpfte er an dem Mann vorbei.

»Da war ein Feuer…«, sagte Adam fachmännisch.

Der Mann blickte ihm ungläubig hinterher als Adam, eine Melodie pfeifend, die untere Stahltür öffnete, die das Treppenhaus vom Parkdeck trennte.

Auf dem Weg zu seinem Wagen kam er noch an einem Kollegen vorbei, den er aus einem früheren Projekt kannte. Alexander irgendwas. Adam hatte ihn zwar wahrgenommen, ging aber kommentarlos an ihm vorüber, als dieser gerade eine Tasche aus dem Kofferraum seines Fahrzeugs nahm.

»Wow, Kosic! Da hat sich heute aber jemand raus geputzt…«, grinste er.

Wieder so ein dummer Spruch. Warum mussten immer alle versuchen, künstlich witzig zu sein, ohne jegliche Begleitumstände zu kennen? Hatte es nicht vielleicht einen triftigen Grund für Adams Aufzug gegeben? Adam blieb stehen und drehte sich um.

»Ich muss zu einer Beerdigung.«, erwiderte er völlig emotionslos.

Der Mann gefror in seiner Bewegung. Sein Lachen blieb ihm im Hals stecken.

13:40

Aus den Autoboxen dröhnte inzwischen Nine Inch Nails. Einer der entspannteren, chilligeren Titel. Trotzdem mit einem fetten Beat. Adam genoss die Vibrationen im Wagen. Der Tag war tatsächlich genau so heiter und sonnig, wie es der Wetterbericht prophezeit hatte. Als er den Ferrari aus der dunklen Tiefgarage in das helle Tageslicht steuerte, überkam ihn ein erlösendes Gefühl von Freiheit. Ein Gefühl, als ob man endlich den lang ersehnten Urlaub antritt. Nein, das Gefühl war noch viel besser als das. Mit absolut reinem Gewissen und befreitem Geist. Als hätte man eine riesige Anstrengung hinter sich gebracht und konnte nun getrost abschalten. Adam würde morgen nicht in die Firma fahren. Er würde nie mehr hinfahren.

Er klemmte sich die brennende Zigarette in den Mundwinkel und löste mit der rechten Hand den strammen Windsorknoten, sodass die Krawatte lockerer um seinen Hals baumelte. Adam ärgerte sich, dass er doch so viel Zeit im Büro verschwendet hatte. Dumme Victoria! Nervös schaute er immer wieder auf die Rolex. Er rief sich ins Gedächtnis, dass Schmidt und er sich gegen 18:00 Uhr treffen wollten. Wo genau, wollten sie noch kurzfristig besprechen. Vorher hatte er noch einiges zu erledigen. Aber Adam beruhigte sich schnell wieder. Schmidt würde es wahrscheinlich eh erst eine Stunde später schaffen, oder was auch immer. So wie jedes Mal. Egal. Adam hatte alle Zeit der Welt.

Er hatte noch kurz an Melanie gedacht. Sie arbeitete als Sekretärin für Adams Firma. Hätte er noch kurz bei ihr reinschauen sollen? Nein, er war froh, dass er sich das erspart hatte. Diese Zusammentreffen verliefen meistens ziemlich verkrampft und peinlich. Heute hätte Adam wahrscheinlich die nötige Lockerheit aufbringen können, aber andererseits hatte er Melanie auch einfach nichts mehr zu sagen.

Dass sein Mobiltelefon klingelte, merkte Adam erst gar nicht. Es verbarg sich in den Tiefen seiner Innentasche und hatte Mühe gegen die Nine Inch Nails anzukämpfen. Letztendlich vibrierte es lange genug, um Adams Aufmerksamkeit zu erlangen. Kompliziert fischte er es aus seinem Jackett. Das Display zeigte den Namen »Nadine« an. Adam nahm das Gespräch entgegen und bedeutete ihr mit einem kurzen »Moment…«, dass sie warten solle. Er ließ das Telefon in seinen Schoß fallen, stellte die Musik leiser und befestigte kurzerhand seine Freisprecheinrichtung, bestehend aus einem kleinen Mikrofon und einem Knopf fürs Ohr. Auf diesem Weg konnte er wenigstens in Ruhe weiter rauchen.

»So, tut mir leid. Ich bin gerade im Auto.«, entschuldigte er sich.

»Soll ich lieber später noch mal anrufen?«, kam es knackend zurück.

»Nein, nein. Ist OK.« Adam fummelte am Lautstärkenregler des Headsets.

Nadine war eine alte Klassenkameradin. Sie war vor kurzer Zeit wieder mit ihm in Kontakt getreten, weil sie drauf und dran war, ein Ehemaligentreffen zu organisieren. Obwohl Adam überhaupt keine Lust auf so etwas hatte und den Gedanken hasste, hatte er sich bereit erklärt, bei der Organisation zu helfen. Eigentlich hatte Adam in der Schule immer ein paar gute Freunde. Aber das alles hatte sich nach der Schulzeit zerschlagen. Aus den Augen, aus dem Sinn. Und Adam war wegen dieser Sache eigentlich etwas verbittert. Wenn man sich wirklich füreinander interessierte, hätte man doch einfach in Verbindung bleiben können. Adam hatte anfangs noch probiert die Kontakte zu pflegen, aber sie waren alle irgendwann abgerissen. Hin und wieder begegnete man alten Weggefährten in der City oder in einem Club. Dann wurden peinliche Floskeln ausgetauscht wie: »Wir müssen uns mal wieder sehen.«, oder »Ich meld mich mal bei dir.«. Aber es kam nie dazu. Letzte Woche hatte Adam einen alten Klassenkameraden getroffen, mit dem er damals gut befreundet war. »Sollen wir nicht mal wieder etwas zusammen machen?«, hatte dieser gefragt. Ihm entglitten alle Gesichtszüge, als Adams Antwort darauf ein einfaches »Nein.« war. Er hatte doch seit zehn Jahren nicht an Adam gedacht. Adam verstand nicht, warum sie jetzt »…wieder etwas zusammen machen sollten…«. Außerdem hasste er den Gedanken, sich nach einer gewissen Anzahl von Jahren wiederzutreffen, um »Schwanzvergleiche« durchzuführen. Er musste niemandem beweisen, was er erreicht oder nicht erreicht hatte und es interessierte ihn nicht mehr, welchen Lebensweg die alten Gefährten eingeschlagen hatten. Aber ausgerechnet Nadine hatte sich bei ihm gemeldet, für die er schon damals etwas übrighatte. Man braucht nicht zu erwähnen, dass zwischen ihnen nie etwas gelaufen ist. Sie hatte sich damals lieber für einen von Adams Freunden entschieden. Das war selbstverständlich ihr gutes Recht und nicht böswillig, doch Adam war damals tief enttäuscht. Und auch nach so vielen Jahren konnte er ihr keinen Wunsch abschlagen. Er wusste, dass sie mittlerweile verheiratet und vielleicht sogar schon Mutter war.

Bei der Organisation des Treffens war sie nun allerdings hilflos überfordert und bettelte überall nach Unterstützung. Da kam Adam gerade recht. Trottel. Als er sich nun im Auto sitzend, den Blick auf die Straße gerichtet, Nadine vor Augen rief, erinnerte sie ihn ein bisschen an die frühe Vivian Vanilla – bis auf die riesigen Silikonbrüste.

»Und, hat alles geklappt?«, wollte sie neugierig wissen.

Sie hatten sich darauf geeinigt, dass er sich um Lokalität und Bewirtung kümmern sollte. Nadine war für die Einladungen, Musik, Unterhaltung und andere Kleinigkeiten zuständig.

»Es hat alles wunderbar geklappt, Nadine.«, erwiderte Adam. »Also wir sind dann am Zwanzigsten, das ist…«, er machte eine kurze Pause, um nachzudenken »übernächsten Sonntag im Hilton. Die Party steigt in einem der Konferenzräume…«, wieder hielt er kurz inne »warte mal…

D1004, glaube ich. Für die Bewirtung wird vor Ort, von denen gesorgt. Für circa 100 Personen? Buffet und so was…«.

»Wow, Adam! Das klingt ja fabelhaft! Und das haut alles so hin, mit unserem Budget und so?«

»Ja, absolut. Alles kein Problem.«, versicherte Adam. »Ich kenn da jemandem vom Management.«

Nadine war immer noch beeindruckt. »Na das ist ja wunderbar. Also ist alles fix. Dann kann ich die Einladungen rausschicken. Zu welchem Datum noch mal?«

»Der Zwanzigste. Ich muss da nur noch mal kurz anrufen und alles bestätigen. Aber die Einladungen kannst du fertigmachen, den Anruf erledige ich gleich. Ich schick dir dann eine E-Mail mit allen Details.«, erklärte er. »Wie läuft es sonst?«

»Oh, sonst ist alles vorbereitet. Den Beamer für die Fotos hab ich schon. Adam, du wirst dich totlachen. Da sind vielleicht ein paar alte Schnappschüsse dabei…«, ihre Stimme klang freudig erregt. Sie war voll in ihrem Element.

»Toll.« Adam versuchte, möglichst glaubhaft zu klingen. »Ich meinte aber eher wie es *dir* sonst so geht…«

»Ach so! Nein, sonst kann ich auch nicht klagen. Ich freue mich jetzt halt erst mal riesig auf das Treffen, und alle nach so langer Zeit wiederzusehen.« Sie klang völlig unbekümmert.

Adam versetzte seiner Stimme einen tieferen, männlicheren Ton. »Weißt du, ich dachte mir, vielleicht können wir beide alleine noch mal irgendwann was trinken gehen, wenn das alles vorbei ist?«

Die Leitung blieb für ein paar Sekunden still. Er wollte gerade fragen, ob sie noch dran war, bis Nadine wieder Worte fand. Das Unbekümmerte war verschwunden.

»Also... momentan...«, es hatte sie hörbar aus der Fassung gebracht.

Nadine hatte seine Intention ganz richtig interpretiert und wusste nicht, mit der Situation umzugehen. Sie wusste nicht, was sie sagen sollte. Dabei interessierte Adam sich nicht mehr im Geringsten für Nadine. Er hatte es nur gesagt, um sie für einen Moment aus der Fassung zu bringen und aus ihrer heilen Welt zu stürzen. Der Schuss hatte genau gesessen, was ihn köstlich amüsierte. Sie stammelte noch etwas von »...jetzt erst mal das Ehemaligentreffen...« und » ...da könnte Adam ihren Mann kennenlernen...«, dann verabschiedete Nadine sich ziemlich schnell, mit einer fadenscheinigen Ausrede. Adam warf sein Mobiltelefon schmunzelnd auf den Beifahrersitz. Die Musik stellte er wieder lauter. Das Telefon klingelte noch ein paar Mal neben ihm. Aber Adam ließ die Anrufe seiner Firma unbeantwortet.

»Ach ja, die Schulzeit...«, das rief Erinnerungen hervor. Adam lächelte, als er an seine Freunde zurückdachte. Wie sie in den Pausen auf dem Schulhof rumlungerten, über Videospiele, Filme und Musik redeten und manchmal minutenlang Tränen über irgendwelche bescheuerten Witze lachten. Jemand brachte manchmal einen Ball mit und sie spielten Fußball auf dem Hof. Rannten die ganze Zeit rauf und runter und saßen nachher klatschnassgeschwitzt im Klassenzimmer. Nur an die Revanche denkend, die es in der nächsten Pause geben würde. Einmal hatte Raphael ein Pornoheftchen dabei, dass er bei seinem großen Bruder gefunden hatte. Stolz präsentierte er es seinen Freunden auf der Jungentoilette. Ungläubig und mit weit aufgerissenen Augen betrachteten sie die junge Frau, die von einem riesigen Penis gepfählt wurde. Heute wusste Adam, dass die Frau Sarah Salival gewesen war. Er hatte noch nie so große Brüste gesehen. Er hatte noch nie Analverkehr gesehen. Lachend musste Adam an Ibrahim denken, ein muslimischer Junge, den sie nur Ibi nannten. Der sich beim Erblicken des Schmuddelheftchens schnell die Hände vor die Augen hielt, nur um dann doch neugierig zwischen seinen Fingern hindurchzulinsen. Am nächsten Morgen war er der Erste, der wieder einen Blick auf die Bilder werfen wollte. Adam dachte daran, wie sich später die coolen Kids zum Rauchen in irgendwelchen dunklen Ecken versteckt hatten. Er gehörte nicht dazu. Wie sich die Jungs in der Pubertät auf einmal in Mädchen verliebten, neben denen sie schon jahrelang unbemerkt in der Klasse gesessen hatten. Verrückte Hormone. Umso trauriger war es, dass all diese Kontakte nach der Schulzeit abbrachen. In weniger guter Erinnerung waren ihm der Unterricht und die Lehrer geblieben. Damals hatte er das alles noch nicht verstanden, erst nach der Schulzeit und mit einem gewissen Alter wurden ihm so manche Sachen über seine ehemaligen Lehrkräfte bewusst. Lehrer, die ihren Job so gelangweilt durchzogen, wie Adam seinen Job durchgezogen hatte. Die einfach irgendwelche kopierten Arbeitsblätter an die Kinder verteilten, welche es dann zu erledigen galt. Dann mussten sie die ganze Stunde lang kein Wort mehr sagen. Oder ganz im Gegenteil, die ganze Schulstunde einen Monolog diktierten, den die Klasse in ihr Heft zu schreiben hatte. Was sollte das denn für Unterricht sein? Lehrer, die offensichtlich Kettenraucher waren und immer mit gelben Händen und gelben Bärten im Klassenzimmer saßen und stanken. Alkoholiker, die mit blutunterlaufenen Augen und mit geplatzten Äderchen auf der Nase zum Unterricht erschienen. Die in ihren Sandalen, mit ihren wochenlang nicht geschnittenen Zehennägeln aussahen wie Harpyien, wenn sie das Zimmer auf und abschritten. Lehrer, die ihre privaten Probleme an den Kindern ausließen. Menschen die Lehrer geworden waren, weil sie dann von der langen Ferienzeit profitierten. Die Lehrer geworden waren, weil sie nicht wussten, was sie sonst studieren sollten. Das Fördern und Motivieren von jungen Schülern ging ihnen doch am Arsch vorbei. Vielleicht waren sie kurz nach dem Studium mal engagierter gewesen, aber über die vielen Jahre waren sie stumpf geworden. Autoritäre Personen, denen die Persönlichkeit eines Kindes scheißegal war.

Adam hatte sich später geärgert, dass er die Schule nicht besser abgeschlossen hatte. Keine Ahnung, was dann vielleicht aus ihm geworden wäre. Er war kein schlechter Schüler gewesen, aber eben auch kein guter. Mal wieder Durchschnitt. Es hatte ihm einfach keinen Spaß gemacht. Die Lehrer schafften es nicht seine Motivation zu wecken, oder probierten es erst gar nicht. Sie hatten es nie geschafft, ein Thema für ihn interessant zu verkaufen. Für Adam war alles immer nur ein Muss. Keine Spur von individueller Förderung. Wer einmal ein Thema nicht verstand, blieb auf der Strecke. Für so etwas war keine Zeit im strukturierten

Schulplan. Adam konnte immer noch keine Bruchrechnung. Er hatte es damals einfach nicht verstanden, aber schon stand das nächste Thema auf dem Programm. Im Büro war es immer wieder vorgekommen, dass er auf eine Schüler-Hilfeseite im Internet surfen musste, um einen Dreisatz berechnen zu lassen. Er hatte die Seite unter den Favoriten abgespeichert. Kunst hatte er geliebt. Zeichnen hatte er geliebt und es war damals eines seiner größten Hobbies. Vielleicht hätte er seine Karriere irgendwie in dieser Richtung suchen sollen. Stattdessen entschied er sich für das Zukunftsfeld IT. Informations-Technik. Computer. Er wurde Programmierer. Das war immerhin ein sicherer Job und der Verdienst war nicht schlecht. Aber glücklich hatte ihn das nicht gemacht.

Beim Reflektieren seiner Schulzeit durchschoss Adam plötzlich ein Gedanke. Eine Erinnerung. Er warf einen Blick in den Rückspiegel und nahm den Fuß vom Gas, was den Ferrari nur allmählich langsamer werden ließ. Dann drückte er das Pedal wieder nach unten und lenkte ihn dröhnend zur nächsten Ausfahrt.

Das alte Schulgebäude war bereits zu sehen. Vorsichtig steuerte Adam durch die enge Straße und über die Geschwindigkeitshubbel. Dafür war der Sportwagen eindeutig nicht gemacht. Irgendwo knackte es einmal laut, als das Gefährt langsam von einer der Bremsschwellen rollte. Gegenüber der Schule, auf der anderen Straßenseite, befand sich ein kleines Häuschen. Ein winziger Laden, in dem sich die Schüler zur Pausenzeit oder nach Schulschluss gerne aufhielten und Süßigkeiten kauften. Adam hielt genau darauf zu und kam wenige Meter vor dem Geschäft zum Stehen. Der Motor blubberte noch ein paar Mal, bevor Adam ihn abstellte. Er stieg aus dem Wagen, drehte sich zum Schulgebäude um, das nun in seinem Rücken lag, und betrachtete es eine Weile. Durch einige Fenster konnte er noch Schüler in den Klassenzimmern sehen. Aber die Schule interessierte ihn nicht. Adam nahm einen tiefen Zug von seiner Zigarette – die wievielte war das jetzt? –, dann ließ er die Kippe auf den Boden fallen und wandte sich wieder dem Kiosk zu. Ein Glöckchen erklang, als er die Tür öffnete und den kleinen Laden betrat. Erst zum zweiten Mal in seinem Leben.

Der Laden gehörte dem alten Frank. Unter den Schülern hieß er nur Franky. »Ich geh mal eben zu Franky.«, hatten sie immer gesagt. Alle mochten ihn. Er bot Sandwiches, manchmal Hot Dogs, alle möglichen Getränke, Kaffee, Süßigkeiten und ein paar Zeitschriften an. Oft saßen Arbeiter oder die Hausmeister bei Franky, tranken Kaffee, manchmal Bier und quatschten mit ihm, hinter seiner Theke, die den Raum in der Mitte teilte. Keine Ahnung, wie alt er damals gewesen war, zwischen fünfundfünfzig und sechzig, dachte Adam. Eigentlich hatte er nie Grund in den Kiosk zu gehen. Seine Mutter hatte ihm immer Pausenbrote gemacht und auch etwas Süßes dazu gepackt. Zu trinken hatte er auch immer genug in seiner Skeletor-Aluminiumflasche. Er war stets ausreichend verpflegt, bis die Schulglocke das Unterrichtsende verkündete. Aber an diesem einen Tag hatte Adam ein paar Münzen in seiner

Jackentasche gefunden und wollte sich für den geschafften Schultag belohnen. Alle hatten immer vom netten Franky gesprochen und er wollte ihn nun auch kennenlernen. Adam war vielleicht zehn oder elf. Er betrat den Laden damals allein, sagte schüchtern »Hallo« und lächelte. Der alte Frank stand hinter seiner Theke und sprach mit zwei Männern, wahrscheinlich irgendwelche Arbeiter, die auf den zwei kleinen Hockern saßen und Kaffee tranken. Adam trat an die Theke und wollte die Erwachsenen noch ihr Gespräch beenden lassen, dann würde sich Franky ihm bestimmt zuwenden. Wieder öffnete sich die Tür und herein kamen ein paar der älteren Schüler. Teenager, die sich laut unterhielten und scherzten. Drei oder vier Jungs und ein Mädchen. Adam war so unvorbereitet, dass er unfähig war, irgendwie zu reagieren. Einer der Jungs packte ihn mit festem Griff hinten am Kragen und riss Adam von seiner Position. Er taumelte einen Schritt zurück, verlor dann das Gleichgewicht und schleuderte unsanft auf den harten Boden. Alle lachten. Die Teenager lachten, die Arbeiter lachten, Franky lachte. Der alte Frank lachte ihn aus. Adam wäre am liebsten auf dem Boden liegen geblieben. Wäre am liebsten vor Scham darin versunken. Und während er sich langsam aufrappelte, was mit seiner schweren Schultasche gar nicht so einfach war, bediente Franky fröhlich die Gruppe von Teenagern, immer noch lachend. Als hätten sie gerade eine gute Tat vollbracht. Als wäre gerade das normalste der Welt passiert. Als wäre Adam gar nicht da. Warum hatte der alte Frank nicht etwas gesagt? Warum hatte er Adam nicht wenigstens gerechterweise zuerst bedient? Adam verstand die Welt nicht mehr. Dass die Halbstarken einen kleineren Schüler malträtierten, konnte er sogar noch nachvollziehen. Aber dass ihn ein Erwachsener auslachte, nicht. Fröhlich zogen die Teenager wieder von dannen, als der alte Frank seinen Blick auf Adam richtete und immer noch lachend sagte »Tja… so läuft das…«. Adam hatte einen Klos im Hals und war kreidebleich. Er hatte sich bei dem Sturz nicht wehgetan, aber er fühlte sich zutiefst gedemütigt und verletzt. »Was habe ich denn falsch gemacht?«, waren die einzigen Worte, die ihm in den Sinn kamen. Er sprach sie über den Klos hinweg, mit zittriger Stimme. »Nichts.«, antwortete der alte Frank schulterzuckend. Nichts! Adam verlangte leise nach einem Schokoriegel, den Frank ihm auf die Theke warf, als ob man einem Hund etwas zum Fraß vorwirft. Er vergaß sein Wechselgeld mitzunehmen, als er den Laden wieder verließ. Hinter sich hörte er Frank und die Arbeiter wieder lachen. Auf der Heimfahrt mit dem Bus hatte er kein Wort mit seinen Freunden gesprochen. Seine Mutter öffnete ihm die Tür, sie begrüßten sich kurz und Adam beantwortete ihre Fragen zum Schultag. Dann ging er auf sein Zimmer und weinte. Den Schokoriegel hatte er weggeworfen und das Geschehene nie jemandem erzählt. Alle Beteiligten hatten die Szene wahrscheinlich am nächsten Tag vergessen, aber Adam nicht. Er würde sie *nie* vergessen, die Demütigung hatte sich in sein Gehirn gebrannt. Ihm war bewusst, dass ihm nicht das schlimmste der Welt zugestoßen war. Aber immer, wenn über Franky gesprochen wurde, oder Adam an dem kleinen Laden vorbeikam, kamen die Bilder hoch. Manchmal, wenn er als Kind nicht einschlafen konnte, musste er an das lachende Gesicht vom alten Frank denken. In seiner Erinnerung war es eine hässliche Fratze geworden, wie aus einem Horrorfilm.

»Guten Tag. Einen tollen Wagen haben Sie da.«

Der alte Frank kam auf ihn zu. Er war wirklich alt geworden. Die wenigen Haare, die er noch auf dem Kopf hatte, waren weiß. Eine dicke Brille in seinem Gesicht. Er war wohl nicht mehr so gut auf den Beinen und stütze sich auf seiner Theke ab. Freundlich blickte er Adam an.

»Wie schnell fährt der denn?«

»Keine Ahnung…«, erwiderte Adam gleichgültig und schaute auf den verwelkten Mann hinab.

Er dachte daran, wie er damals schüchtern zu dem Riesen aufblicken musste. Der Laden war viel kleiner, als er ihn in Erinnerung hatte. Sonst hatte sich nicht viel verändert. Die beiden Hocker standen immer noch in der Ecke und alles war beim Alten. Unterschiedliche Gefühle kämpften in Adam um die Oberhand. Die Wut, wenn er an die Ereignisse zurückdachte, die Enttäuschung, weil ihm niemand geholfen hatte, die Scham über das, was ihm wiederfahren war. Aber als er jetzt vor diesem alten Mann stand, wusste er eigentlich gar nicht, was er hier sollte. Er hatte sich ausgemalt, einfach auszuholen und Frank mit voller Wucht ins Gesicht zu schlagen. In seinem jetzigen Zustand wäre der durch den halben Laden geflogen und hätte die Regale umgerissen. Keine Ahnung, ob er das überlebt hätte.

»Na ja, ist ja auch nicht so wichtig, wie schnell der Wagen fährt. Was kann ich denn für Sie tun…?«

»Guten Tag.«

Eine ältere Dame betrat den Raum von irgendwo hinter Frank und stellte, freundlich lächelnd, eine Kiste in einem der Regale ab. Frank blickte kurz in ihre Richtung.

»Oh, darf ich vorstellen, das ist meine Frau Emma. Sie hilft mir ein bisschen, wissen Sie? Mich können sie übrigens Franky nennen…«

Das war die Freundlichkeit und der Respekt, den Adam vor fünfzehn Jahren gebraucht hätte, als er noch keinen Ferrari fuhr und keinen Designeranzug trug. Jetzt war es zu spät.

»Nein, danke.«, antwortete er knapp.

Franky hob überrascht die Augenbrauen. Mit dieser Antwort hatte er nicht gerechnet. Auch Emma ließ von ihrer Tätigkeit ab und schaute verwundert und mit Unverständnis in Adams Richtung.

»Sie erinnern sich nicht an mich, oder? Ich bin mal auf diese Schule gegangen…«, Adam deutete in die Richtung.

»Ähm… nein, tut mir leid. Es kommen sehr viele Kinder zu uns, wissen Sie. Waren Sie denn früher oft hier?«

Emma trat ein paar Schritte näher an die beiden heran, mit einer Mischung aus Neugier und Beschützerinstinkt auf ihrem Gesicht.

»Nein.«, antwortete Adam. »Ich war nur ein einziges Mal bei Ihnen, danach nie wieder. Ich stand genau hier, als mich ein paar ältere Teenager aufmischten.« Er hielt kurz inne. »*Sie* haben mich ausgelacht, als ich da auf dem Boden lag.«, er zeigte auf die Stelle. »Ich war gerade zehn Jahre alt.«, kam es völlig emotionslos aus ihm heraus.

Frank schaute ihn ungläubig mit großen Augen an, sein Mund war leicht geöffnet. Seine Augen zuckten hin und her, als würde er jedes Wort von Adams Lippen ablesen. Mit demselben Unverständnis, mit dem sie eben noch Adam angesehen hatte, wendete sich Emma nun ihrem Mann zu.

»Ist das wahr, Frank?«

Dieser wusste nicht, wie ihm geschieht. »…nein… was? …das weiß ich nicht mehr… ich glaube nicht…«, stammelte er, sichtlich aufgewühlt.

»Sie haben das vielleicht vergessen… ich habe es bis heute nicht vergessen.«, setzte Adam nach.

»Das ist ja schrecklich…«, seufzte Emma und fuhr mit ihren alten Händen an ihr Gesicht.

Frank schien auf einem Schlag weitere zehn Jahre gealtert zu sein, als er seine Frau anblickte. »Ich… muss mich setzen…« Langsam steuerte er einen Stuhl an.

Emma schluckte. »Was… was machen wir denn jetzt…?«

Mit sichtlicher Enttäuschung betrachtete sie das Häufchen Elend in der Ecke, in das sich ihr Mann verwandelt hatte. Adam stand einfach da. Er fühlte sich leicht. Ein Gefühl, das er gar nicht kannte. Eine schwere Last war von ihm abgefallen, von der er gar nicht wusste, dass sie da war. Frank atmete schwer.

»Was… was wollen Sie jetzt von uns. Was wollen Sie, dass ich jetzt mache?«

Adam ließ seinen Blick von Emma, die ihn mit so viel Mitleid ansah, dass es guttat, auf den alten Mann wandern. Adam durchbohrte ihn förmlich mit seinen Augen.

»Nichts Frank. Nichts.«

Dann trat er langsam einen Schritt zurück, drehte sich zur Tür und drückte die Klinke nach unten.

»Bitte…«, Emmas Augen waren glasig »…warten Sie… es tut mir so leid…« Sie hatte einen Teil der Theke nach oben geklappt und war ein paar Schritte auf Adam zugekommen. »…bitte… ich könnte etwas kochen… kommen Sie doch einmal zu uns zum Essen…«

Sie schaute fragend zu Frank, der mit gesenktem Blick immer weiter in sich zusammensank.

»Nein, vielen Dank. Machen Sie sich bitte keine Umstände.«

Emma wusste nicht, was sie sagen sollte. »…bitte… sagen Sie mir wenigstens ihren Namen…«

Er öffnete die Tür. Das kleine Glöckchen klingelte.

»Mein Name ist Adam Kosic.«

14:11

Sein nächstes Ziel erreichte Adam schnell. Auf den Straßen war noch nicht viel los und der Ferrari sorgte für zügiges Vorankommen. Vorsichtig manövrierte er ihn auf den kleinen Parkplatz und stellte ihn gleichgültig über zwei Markierungen ab. Als er ausstieg, hatte er ein Gefühl, als ob sich sein Magen versuchte nach außen zu stülpen. Er hatte richtig Hunger. Kein Wunder hatte er doch bis jetzt nur Kaffee und Zigaretten zu sich genommen. Er steckte sich eine weitere an und warf einen Blick auf die Rolex. Das Essen musste noch warten, er hatte den Tag genau strukturiert.

Das Pflegeheim war eigentlich ein schönes Gebäude, umgeben von einer grünen Parklandschaft. Erst kürzlich wurde alles großzügig renoviert. Immer noch waren ein paar Handwerker zu sehen, die hier und da arbeiteten. Leider konnte sich Adams Mutter an dem Ganzen nicht mehr erfreuen. Und es war auch klar, dass sich ihr Zustand nicht mehr bessern würde, vielmehr verließen sie ihre Sinne immer weiter. Die Ärzte nannten es eine Form von Demenz, die mit dem Tod seines Vaters einhergegangen war. Je mehr ihn der Krebs zerfraß, desto mehr baute Adams Mutter ab. Als er im Endstadium mit letzter Kraft Suizid beging, brach sie vollends zusammen. Die Ärzte sprachen vom Broken-Heart-Syndrom.

Die Eingangshalle hatte von den Renovierungen am meisten profitiert. Sie war neu, in Creme- und Kaffeetönen gestrichen. Am Empfang saßen zwei junge Männer in Adams Alter, von denen der eine ihn bereits anlächelte. Ein gequältes Lächeln.

»Hallo Mr. Kosic. Früh dran heute…«

Adam erwiderte nichts. Er lächelte lediglich noch gequälter zurück. Per Knopfdruck öffnete der Mann am Empfang die große Sicherheitstür, die sich mit einem Summen langsam bewegte. Adam betrat den dunklen Korridor und legte die fünf Meter bis zur nächsten Sicherheitstür, wie durch eine Schleuse, zurück. Das sollte die sogenannten »Läufer« abhalten. Patienten mit »Weglauftendenz«. Verwirrte, die »nach Hause« wollten. Durch die Verglasung der zweiten Tür konnte er die Pfleger auf der anderen Seite sehen, die in einem gesonderten Raum mit zwei großen Fenstern saßen. Sie hockten nebeneinander wie zwei Berggorillas. Als Adam die Türe erreichte, nickte der ältere, der Silberrücken, ihm zu und die Tür schwang ebenfalls langsam mit einem Summen nach innen. Der lange Flur tat sich vor ihm auf. Von dem schönen renovierten Bau war hier nicht mehr viel zu sehen. Der Flur wirkte strahlend weiß erleuchtet und kalt. Irgendwo lief ein Radio mit sanfter Musik. Es roch merkwürdig. Am anderen Ende fuhr jemand in einem Rollstuhl hin und her und hatte keine Hose an. Eine zittrige, alte Stimme rief aus einem der Zimmer nach einem Darryl. Immer wieder. Hinter einer anderen Tür jammerte jemand wie eine japanische Pornodarstellerin. Eine Pflegerin ging an ihm vorüber. Er schritt über den fleckigen PVC-Boden, vorbei an weiteren offenen Türen. Er versuchte, nicht hinzusehen. Einige der Bewohner lagen in ihren Betten wie tot. Wie in einer Leichenhalle. Andere waren in einer Art Zwangsjacke stillgelegt. Eine alte Frau saß auf einem Stuhl und blickte ihn grimmig an. Ihr Gesicht sah aus wie eine große Rosine. Adam steuerte eine der Toiletten auf dem Gang an. Er betrat den kleinen Raum und schloss die Tür hinter sich ab. Die Türklinke klebte ekelhaft. Er betrachtete sich in dem rechteckigen Spiegel über dem Waschbecken. Dann öffnete er den Hahn und ließ das Wasser in das kleine Becken sprudeln. Er nahm die Rolex ab und steckte sie in eine seiner Jackentaschen. Das Gleiche tat er mit den Manschettenknöpfen, bevor er das Jackett auszog und an einen Metallhaken an der Tür hängte. Großzügig krempelte Adam die Hemdärmel nach oben und warf die Krawatte über die Schulter. Er wusch sich die Hände mit so viel Seife, dass er den Spender beinahe zur Hälfte leerte. Dann wusch er sie sich ein zweites Mal. Bevor er sich ein drittes Mal an dem Seifenspender bediente, legte er seine Brille ab. Dann wusch er sich das Gesicht. Auch wenn seine Mutter laut den Ärzten nichts mehr mitbekam, wollte Adam nicht, dass sie das Nikotin roch.

Martha saß in der Mitte des Raumes. Aber eigentlich auch irgendwie nicht. Sie trug die weißen Adidas, die Adam ihr besorgt hatte. Eine helle Hose und eine weiße Bluse, mit ein bisschen Spitze am Kragen. Ihre grauen Haare waren fettig, aber sie waren eigentlich ganz schön zurechtgemacht. Adam stand in der offenen Tür und klopfte drei Mal leise auf das blasse Holz. Die Pflegerin, die gerade bei seiner Mutter im Zimmer war, blickte kurz zu ihm herüber. Sie setzte ein hübsches Lächeln auf, als sie Adam erkannte. Martha saß in einem Rollstuhl und hatte die Hände in den Schoß gelegt. Sie hielt den Kopf etwas zur Seite geneigt und blickte geradeaus auf die weiße Wand. Dabei lächelte sie leicht, als ob sie irgendetwas Schönes darauf erkennen konnte, oder als ob sie sich an etwas Schönes erinnerte. Eigentlich lächelte Martha immer und irgendwie besänftigte es Adam und machte ihn weniger traurig, wenn er sie sah. Das Schicksal seiner Mutter machte ihm so weniger zu schaffen. Die Schwester war gerade damit beschäftigt, das Bett neu zu beziehen. Dies tat sie mit einer solchen Routine, dass es beinahe maschinell wirkte. Für den Bruchteil einer Sekunde betrachtete Adam ungewollt ihren festen Po, als sie sich nach vorne beugte. Laufen konnte Martha zwar noch, doch der Rollstuhl machte es für die Pflegerin einfacher, wenn sie das Zimmer reinigte und die alte Dame leicht hin und her schieben konnte. Adam schätze sie ungefähr auf sein Alter, aber er war in so etwas nicht gut und hätte sich leicht täuschen können. Sie war vollschlank und ihre dunklen Haare waren zu einer modernen Kurzfrisur geschnitten. Adam mochte sie. Er hatte sich immer vorgestellt, ihr einmal zufällig in einer anderen Umgebung zu begegnen. In einer nicht so drückenden Atmosphäre. Nicht als Pflegerin. Vielleicht hätten sie mal was trinken gehen können. Aber es war nie dazu gekommen und Adam hatte sie nie darauf angesprochen. Sie erinnerte ihn ein bisschen an Lucy Lollipop – bis auf die riesigen Silikonbrüste.

»Wie geht es ihr?«

Er trat ein paar Schritte in den Raum hinein. Die junge Pflegerin, Adam kannte ja noch nicht mal ihren Namen, war mit dem Bett inzwischen fertig und stand nun unmittelbar neben seiner Mutter. Sie strich Martha sanft mit dem Handrücken über die Wange und sagte lächelnd

»Es geht ihr gut.«

Eine zweite, ältere Pflegerin trat von hinten in den Raum und stellte ein Tablett mit zahlreichen bunten Pillen auf einem kleinen Tischchen ab. Sie sahen aus wie die überzogenen Schokobonbons, die Adam als Kind so gerne gegessen hatte.

»Guten Tag Mr. Kosic. Gut sehen Sie heute aus.«, sie verließ schon wieder das Zimmer, als die junge Schwester noch leise hinzufügte »…nicht nur heute…« und beide grinsten.

Adam war etwas verlegen und wusste nicht, was er machen sollte, als er ihren gesenkten Blick auffing.

»Ich lasse Sie mal alleine.«

Auch sie wollte gerade den Raum verlassen, als Adam sie noch einmal zurückrief.

»Ach, einen Moment noch…«

Sie machte kehrt und blickte ihn fragend, aber immer noch freundlich an. Adam streckte ihr seine Hand entgegen.

»Das wollte ich eigentlich schon lange machen. Ich heiße übrigens Adam.«

»Freut mich Adam. Ich heiße Amy.«

Mit ihren gepflegten Händen erwiderte sie seinen Händedruck.

»Hör zu Amy, ich würde dir gerne etwas geben…«

Er holte sein Portemonnaie hervor und nahm nahezu alle Scheine raus, was die Geldbörse ganz schlank werden ließ. Keine Ahnung, wie viel das war, was er Amy da entgegenstreckte. Diese schaute erschrocken auf das Geldbündel:

»Das kann ich nicht annehmen…«

»Doch, bitte. Ich bestehe darauf. Ihr kümmert euch hier so gut um meine Mutter…«

»Aber das ist wirklich nicht nötig…«, sie schien kurz zu überlegen. Sagte dann: » Lade mich doch lieber irgendwann mal zum Essen ein.« und strahlte ihn an.

Nun war es Adam, der kurz innehielt.

»Bitte… ich möchte es so.«

Er drückte ihr die Scheine in die Hand. Nach einem Moment steckte sie das Geld verlegen ein, ohne es genauer zu betrachten.

»Na ja, dann bis zum nächsten Mal, Adam.«

Dann verließ auch sie langsam das Zimmer. Mit ihren großen Augen blickte sie noch einmal auf ihn zurück. Obwohl sich Adam dieses Szenario oft genauso ausgemalt hatte, ließ es ihn heute kalt. Es löste in ihm keine Regung von Glück oder Zufriedenheit aus. Er wusste einfach, dass auch aus dieser Bekanntschaft nichts wachsen würde, dass sie einfach zu verschieden waren. Probleme, Ärger, Streit, Trennung, Einsamkeit. Und es war für ihn seit heute völlig okay so. Adam war heute einfach alles klar. Als wäre er bisher mit einem Schleier vor den Augen durch die Welt gelaufen und heute konnte er endlich alles sehen.

Martha war schlank. Zu schlank für Adams Begriffe. Und sie sah viel älter aus, als sie es in Wirklichkeit war. Sie saß immer noch regungslos, mit diesem zufriedenen, friedlichen Lächeln auf den Lippen, in der Mitte des Raumes. Sie wirkte so selig, dass es Adam regelrecht guttat und es ihn beruhigte, bei ihr zu sein. Als befänden sie sich hier in einer anderen Welt. In dieser turbulenten, lauten Metropole, in ständiger Hektik, in dieser lebenden, wabernden Irrenanstalt von einer Stadt, wirkte dieses Zimmer, dieser Fleck, wie das Zentrum von allem. Wie das Auge des Sturms. Als Adam die Tür schloss, war es für einen Moment ganz still. Nur vor dem Fenster, durch das sanft die Sonne schien, sang irgendwo ein Vogel. Und Martha saß da, wie eine weiße Blüte, in der grauen Müllhalde die sich Welt nannte.

»Hallo Mom…«

Adam ging auf sie zu und drückte seine Lippen leicht auf ihre Stirn, als er sich auf dem Bett neben ihrem Rollstuhl niederließ. Fast unnatürlich, wie fremd gesteuert, wendete sie ihm langsam ihr Gesicht zu und fixierte ihn mit ihren gütigen Augen. Adam hätte gesagt, dass ihr Lächeln nun noch herzlicher war. Fast so, als hätte sie ihn erkannt. Er nahm ihre linke Hand in seine und saß einfach nur einen Moment mit gesenktem Kopf da. Martha ließ ihren Blick nicht von ihm ab, als ob sie einfach voller Glück ihren Sohn betrachtete, aber laut den Ärzten war das unmöglich.

Ärzte. Adam hasste sie und diese ganze Pharmaindustrie. Ärzte, die ihre Patienten bei den Visiten uninteressiert und gleichgültig wie Vieh behandelten. Die lieber in ihren Computer starrten, als einem Patienten ins Gesicht zu schauen. Die einfach die Leidenschaft für ihren Beruf verloren hatten. Stundenlang musste man in diesen Siebzigerjahre-Wartezimmern sitzen – als wäre man in der Zeit zurückgereist –, mit irgendwelchen anderen Infizierten und wurde dort erst richtig krank. Nur, um nach Stunden des Wartens in drei Minuten von einem gleichgültigen Arzt abgefertigt zu werden. Wenn sie nicht mehr weiterwussten, oder ein befreundeter Kollege auch noch etwas an dem Leid verdienen sollte, wurde man einfach abgeschoben. Kostspielige Behandlungsmethoden blieben einem gleich ganz verwehrt, sollte man nicht ausreichend versichert sein, oder nicht das nötige Kleingeld haben. Als Kind wäre Adam beinahe an einer Blinddarmentzündung gestorben, weil sein Arzt ihn damals falsch diagnostiziert hatte. Eine beschissene Blinddarmentzündung! Er hätte beinahe keinen Job gefunden, weil einer dieser Quacksalber ein chronisches Rückenleiden bei ihm feststellte. Einfach so, in einer Zehnminutensitzung beinahe sein Leben ruiniert. Und wenn er heute zu einem Arzt gehen würde, was würde der wohl sagen? Depressionen? Weltschmerz? Mid-Midlifecrisis? Adam sollte sich gefälligst nicht so anstellen? Würde ihm ein paar Drogen verschreiben, damit es ihm besser geht?

Adam hasste sich dafür, dass er seine Mutter in diesem Pflegeheim lassen musste. Aber was hätte er denn mit ihr machen sollen? Er sah keine andere Möglichkeit. Er wusste sich nicht anders zu helfen. Es hatte ihm das Herz gebrochen. Und obwohl er den heutigen Tag bisher so unbeschwert, gut gelaunt und mit einer Leichtigkeit hinter sich gebracht hatte, versetzte Adam der Besuch bei seiner Mutter in eine melancholische Stimmung. Friedlich und schön, aber auch schwermütig. Adam wusste, dass Martha nicht antworten würde. Dennoch begann er:

»Wie geht es dir, Mom?«

Die Frage beantwortete er nach einem Moment einfach selbst.

»Die Schwester sagt, dass es dir gut geht. Sie heißt übrigens Amy…«, Adam lächelte. »Ich glaube, sie ist sehr nett. …warte mal…«, er erhob sich wieder vom Bett.

Adam löste die Bremsen des Rollstuhls und schob seine Mutter näher zum Fenster, sodass sie nach draußen schauen konnte. Aber sie betrachtete weiter ihren Sohn, was er nicht wirklich bemerkte. Das Sonnenlicht fiel warm hinein.

»So, das ist besser oder? Schau mal, wie schön es draußen ist. Vielleicht kann ich Amy fragen, ob sie mit dir eine Runde rausgeht, wenn sie nachher Zeit hat…«

»Ich soll dich schön von Mel grüßen… und von Schmidt.«, log er.

»Hast du heute was Leckeres zu essen bekommen?«

Dann saßen sie einfach nur da. Adam hielt wieder ihre warme Hand. Martha blickte mittlerweile aus dem Fenster. Auch wenn sie nicht mehr redeten, es war einfach schön, mit ihr zusammen zu sein. Nach einer Weile, in der sie nur den Vögeln draußen gelauscht hatten, sagte Adam:

»Weißt du, mir geht es auch gut Mom. Mir geht es sehr gut…«

Ein paar Augenblicke verstrichen.

»Die Firma hat heute ein großes Projekt zu Ende ge-bracht. Ich habe ein großes Lob bekommen. Du wärst stolz auf mich gewesen. …aber ich suche mir jetzt einen anderen Job…«, log er.

»Mir sind endlich ein paar Sachen klar geworden, und dass es so, wie es im Moment ist, nicht weitergehen kann.«

Er machte eine kurze Pause.

»Ich werde mit ein paar Dingen aufräumen und so, weißt du? Mich von so viel scheiß Ballast befreien. …entschuldige das Schimpfwort, Mom.«

»Guck mal, was ich mir gekauft habe.«

Er hielt die Rolex in die Höhe.

»Ist die nicht toll? Papa hat so eine ähnliche gehabt…«

Martha reagierte nicht. Langsam ließ er den Arm wieder sinken.

»Weißt du Mom… ich hab endlich kapiert, was zu tun ist…«, sagte er leise, mehr zu sich selbst.

»Du musst dir keine Sorgen machen, …mir geht's jetzt richtig gut. So gut wie noch nie…«

Dann saßen sie wieder still in dem kleinen Zimmer. Keine Ahnung wie lange. Irgendwann schaute Adam auf die Uhr.

»Ich muss langsam los, Mom…«

Er stand auf. Den Rollstuhl ließ er vor dem Fenster ste-hen. Er dachte, es würde ihr so gefallen.

»Ich sage Amy Bescheid, okay? Mach's gut Mom. Ich liebe dich.«

Er küsste sie noch einmal auf die Stirn. Dann verließ Adam den Raum. Was er nicht mehr sah, war eine Träne, die Martha über die Wange lief.

Auf der Suche nach Amy, zurück durch den Flur, kam Adam wieder an dem ganzen Leid und Elend, den Alten, Kranken und Verwirrten vorbei, die von ihrem überforderten Nachwuchs hier reingesteckt wurden. Er wusste nur, dass *er* niemals so enden wollte.

15:15

Adam bahnte sich seinen Weg durch die belebte City. Es fühlte sich so an wie immer: Von hunderten Menschen umgeben und trotzdem völlig allein. Den Ferrari hatte er in einem Parkhaus abgestellt und war zu Fuß unterwegs. Der Schnitt in seinem Gesicht von heute Morgen pochte. Den Krawattenknoten hatte er bereits gelöst, zusätzlich öffnete er nun die obersten Hemdknöpfe. Er schien irgendwie befreit. Seine Erscheinung vermittelte einen zwanglosen, lockeren Eindruck. Er ließ die Asche seiner Zigarette auf den Boden tropfen. Adam beobachtete all die Menschen, diese Hektik. Die Stadt lebte. Mochte eine Ameisenkolonie aus den Augen der Menschen noch so interessant sein, der Mensch selbst musste, aus einem anderen Blickwinkel betrachtet, nicht viel anders aussehen. Wie alle übereinander herwuselten. Meistens blieb Adam für sich, wollte von keinem gesehen werden und wollte niemanden sehen. Heute beobachtete er. Ging mit großen Schritten selbstbewusst voran. All diese Menschen, mit denen er nichts zu tun haben wollte und die ihn nicht interessierten. Manchmal kam sich Adam einfach irgendwie falsch vor. Als würde er nicht dazu, als würde er nicht hier hingehören. Auch jetzt wirkte er in diesem ganzen Bild des Lebens, der Hektik und dem Chaos völlig fremd. Als würde er sich in Zeitlupe bewegen, während alles andere nur so an ihm vorbeirauschte.

Adam nahm eine weitere, die letzte Zigarette aus dem Päckchen und steckte sie an. Er zerknüllte die leere Packung und warf sie, wie ein Basketballspieler beim Dreipunktewurf, in hohem Bogen in Richtung eines Abfallbehälters. Die Papierkugel flog weit daran vorbei. Er brauchte neue Kippen.

Er steuerte einen Geldautomaten an, der neben dem Eingang einer Bankfiliale hing. Nachdem das Gerät seine Karte eingezogen hatte, dauerte es eine ganze Weile, bis das Programm endlich fortfuhr. Nach Eingabe der PIN wurden Adam auf dem blauen Bildschirm die möglichen Abhebebeträge angezeigt. Er entschied sich für die Option der manuellen Eingabe und tippte 5.000 in das Panel ein. Es dauerte ewig, bis auf dem Touchscreen die Anzeige erschien, dass der Betrag zu hoch sei. Adam korrigierte seine Wahl und tippte 4.000 auf der Tastatur. Wieder wies ihn der Automat auf eine zu hohe Summe hin. Er wählte die angebotenen 500 auf dem Bildschirm aus – offensichtlich der größtmögliche Betrag. Wieder rebellierte der Geldautomat und endlich verstand Adam. Er drückte auf »Kontostand« und betrachtete desinteressiert die vielen roten Ziffern.

»Können Sie mal ein bisschen hinmachen?!«

Adam drehte sich verwundert um und betrachtete den Mann, der knapp einen Meter hinter ihm stand. Diese Ameise. Dieses dumme Arschloch. Der sich nur um des Beschwerens-Willen beschwerte. Der einfach nur meckern wollte. Der einfach ungeduldig war. Was stimmte mit diesen Menschen nicht, die stöhnend und wütend in der Schlange im Supermarkt standen? Als hätte sich die ganze Welt gegen sie verschworen. Besonders schlaue Exemplare, die sich im Getümmel vor der Theke in der Bäckerei vordrängeln. Was ging bei solchen Leuten im Kopf vor? Was dachten sie sich? Gingen sie später nach Hause und berichteten mit stolzgeschwellter Brust: »Ich hab heute was Tolles gemacht, Schatz! Hab mich im Laden geschickt vor so nen Typen gedrängelt und war eine Minute schneller fertig. Du hättest mich sehen sollen!« Adam sprach laut und mit gereizter Stimme.

»Möchten Sie gerne vor!? Soll ich Sie vorlassen!? Möchten Sie vor, damit sie zehn Sekunden schneller hier fertig sind!? Und mit Ihrem beschissenen Leben weitermachen können!? Weswegen haben Sie es denn so eilig!?«

Vorübergehende Passanten drehten sich zu ihnen um, was dem Mann sichtlich peinlich war.

»He…. Entschuldigung…«, er hob beschwichtigend die Hände. »Lassen Sie sich Zeit… machen sie nur fertig…«

Adam drehte sich wieder um, nahm seine Karte aus der Maschine und setzte seinen Weg fort. Der Mann war verschwunden. Er warf einen Blick in sein Portemonnaie und begutachtete die letzten Scheine. In seinen Taschen fand er noch ein paar zerknüllte Banknoten. Er brauchte Geld.

Ein paar hundert Meter weiter fand Adam einen kleinen Pfandleiher in einer Seitenstraße. Er wusste, dass der Laden da war, hatte ihn aber noch nie betreten. Das schmutzige Schaufenster war durch ein dickes, verrostetes Gitter gesichert. Man konnte ein paar HiFi-Geräte, einige alte Spielkonsolen, eine E-Gitarre, eine Tiffany-Lampe und diverse Schmuckstücke erkennen. Ohrringe auf kleinen staubigen Ständern, Ketten, Ringe und Uhren. Von einem surrenden Neonschild prangte »Larry's« in großen Lettern. Die Tür war verschlossen. Adam drückte auf den silbernen Klingelknopf und hörte irgendwo im Inneren eine Glocke schrillen. Nach wenigen Sekunden erklang ein Summen, das Adam signalisierte einzutreten. Ein untersetzter Mann beobachtete ihn beim Betreten des kleinen Raums. Ein Fernseher lief und leuchtete schwach. Hinter einer Vitrine, in der noch mehr Gold und Silber blitzte, lugte lediglich der Kopf des Händlers hervor, mit seinen langen grauen Locken.

»Sind Sie Larry?«

Der Mann lachte laut und dreckig auf. Dann erhob er sich von seinem Platz und Adam trat zu ihm heran.

»Was krieg ich für die hier?«, er nahm die Rolex von seinem Handgelenk und reichte sie dem Pfandleiher über die Vitrine.

Dieser begutachtete sie, in seinen schmutzigen, groben Händen.

»Ist die echt?«, fragte er nach einer Weile abschätzig mit rauchiger Stimme.

»Klar ist die echt…«, erwiderte Adam, »…du dummer Wichser«, dachte er sich lediglich.

Der Mann drehte und wendete das edle Stück. Er griff zu einer Lupe und inspizierte die Prägung auf der Rückseite und den Schließmechanismus, mit einem riesigen, von Äderchen durchzogenen Auge.

»Die ist ja nagelneu… da ist nichts dran… ist die geklaut?«

»War'n Geschenk.« Adam wurde ungeduldig.

Der Mann wog die Uhr in seinen Händen.

»Ich geb Ihnen fünfzehnhundert dafür…«

Jetzt war es Adam, der lachte. Ein sarkastisches Lachen.

»Die ist mehr als das Doppelte wert! Ne, ne… so nicht Kumpel…«

Der Pfandleiher überlegte.

»Eins-ach…«

»Zweitausend!« sagte Adam laut, bevor Larry aussprechen konnte.

Mit gesenktem Kopf blickte der Händler ihn von unten an. Man sah es förmlich hinter seiner Stirn arbeiten.

»Also gut.«

Er ließ sich wieder in seinen Sessel fallen und kramte einen Quittungsblock aus einer Schublade hervor.

»Passen Sie auf…«, sagte Adam »…zwei-fünf und Sie kriegen die hier noch dazu.«

Er begann, seine Manschettenknöpfe zu lösen. Klirrend landeten sie auf dem Vitrinenglas.

Der Pfandleiher begutachtete sie, ohne seine Lupe zu bemühen.

»Zwei-zwei.«, brummte er schließlich.

»Zwei-zwei und ich krieg die hier noch dazu…«

Adam deutete auf ein Paar Manschettenknöpfe in der Vitrine. Altes, angelaufenes Silber, jeweils mit einem großen schwarzen Stein. Wahrscheinlich Onyx oder so. Keine Ahnung.

Adams Vater hatte das Feilschen geliebt. Wie oft hatte er ihn als kleiner Junge beobachtet, wie er auf Märkten oder in Geschäften immer probierte, das Beste für sich rauszuschlagen. Je älter Adam wurde, desto peinlicher fand er es. Aber der Erfolg sprach für sich.

»Deal!«, der Mann zögerte noch einen kurzen Moment, aber dann sprach er das Wort aus.

Er fasste alles handschriftlich auf einer Quittung zusammen. Diese legte er dann zwischen Adam und sich und nahm eine schwarze Metallschatulle hervor. Er öffnete ihr Schloss mit einem kleinen Schlüssel, welchen er an einer Kette um den Hals trug, und begann die Scheine zu zählen.

»Sie haben zwei Monate Zeit die Sachen wieder auszulösen…«, die Banknoten glitten weiter durch seine Hände.

»Super…«, antwortete Adam. Die Scheine stopfte er wüst in sein Portemonnaie.

Er nahm die Abkürzung durch den kleinen Park. Der schöne Tag lud dazu ein, die Zeit draußen zu verbringen, und so waren viele Menschen unterwegs und genossen die Sonnenstrahlen sichtlich. In der Regel zog es Adam immer runter, wenn er sah, wie fröhlich und unbeschwert alle waren. Sie tollten mit ihren Hunden oder Kindern umher, Pärchen gingen spazieren, saßen auf Bänken oder lagen im Gras. Heute kümmerten sie ihn nicht. Heute stand er darüber. Irgendwie über allem. Nichts konnte und würde ihm mehr etwas anhaben. Adam steuerte einen kleinen Kiosk an. Eine Frau mittleren Alters blätterte gerade ein Modemagazin durch. Sie war äußerst schick und trug ein rotes, knielanges Kostüm. Dazu hatte sie jeweils einen schwarzen und einen weißen Strumpf über ihre Beine gezogen. Oder vielleicht war es auch eine zweifarbige Strumpfhose, keine Ahnung, ob es so was gab. Adam empfand es jedenfalls als auffallend modern und mutig. Sie erinnerte ihn ein bisschen an eine ältere Version von Xena Sexxx – bis auf die riesigen Silikonbrüste. Der Verkäufer, der mit seiner Glatze und dem struppigen Bart wirkte wie ein Walross, bemerkte Adam erst spät.

»Eine Marlboro und die hier…«, er zog eine Tageszeitung aus der Halterung und ließ sie auf die Ablage klatschen.

Der Verkäufer setzte ein nettes Gesicht auf, meinte man jedenfalls unter dem Bart zu erkennen, und legte das Päckchen daneben. Adam, der bereits nach dem passenden Geld suchte, warf einen kurzen Blick darauf.

»Nein, …kann ich bitte ein Softpack haben?«

»Aber selbstverständlich…«

Der Verkäufer griff nach der Packung und tauschte sie aus. Aus irgendeinem Grund mochte Adam die Softpacks lieber. Vielleicht weil sein Vater immer solche Packungen hatte. Locker oben in den T-Shirt-Ärmel gedreht. Er legte einen Schein auf die Ablage und erkannte, dass es ein Hunderter war.

»Oh,… tut mir leid Sir, darauf kann ich leider nicht rausgeben. Dann habe ich kein Geld mehr in der Kasse…«, stammelte der Verkäufer entschuldigend.

Adam verstaute die Zeitung zusammengerollt in einer seiner hinteren Hosentaschen. Sie stand fast senkrecht nach oben. Er griff nach dem Päckchen und hatte keine Lust, nochmals sein Geld hervorzukramen.

»Behalten Sie es.«

Er machte kehrt und verließ das Szenario ohne sich umzublicken.

»Aber Sir…«, die Worte des bärtigen Verkäufers hörte nur noch die Frau in dem roten Kostüm.

Adam hatte sich gleich eine Zigarette angesteckt. Seine Eingeweide rebellierten. Ihm war speiübel. Er musste entweder wieder auf eine Toilette, oder endlich etwas essen.

Sein Weg führte ihn an einem kleinen, abgelegenen Spielplatz vorbei. Er hatte ihn beinahe gar nicht bemerkt, aber dann sah Adam das kleine, blonde Mädchen, wie sie auf einer der beiden Schaukeln saß. Er blieb stehen und schaute dem süßen Fratz fast ein bisschen wehmütig zu, mit wie viel Freude sie auf und ab schaukelte. Er betrat das Areal, ging an einem Klettergerüst vorbei und nahm auf der zweiten Schaukel, neben dem kleinen Mädchen Platz.

»Hi.«, sagte Adam freundlich.

Das Mädchen schaukelte langsamer.

»Hallo.«, erwiderte sie unschuldig.

»Stört es dich, wenn ich mich neben dich setze?«

»Nein.«, antwortete die Kleine, ihre Schaukel trudelte aus.

»Ich heiße Adam.«, stellte er sich vor.

Das Mädchen war nun zum Stillstand gekommen. Die Sitzschale baumelte nur noch wenig.

»Meine Mama hat gesagt, ich darf nicht mit Fremden reden.«

»Ja, deine Mama ist sehr klug. Da hat sie auch absolut recht…«

Ein paar Sekunden verstrichen, in denen das Mädchen auf den Boden blickte.

»Ich muss jetzt nach Hause.«

Sie hüpfte von ihrer Schaukel und lief auf den Kiesweg zu, der zur Straße führte. Adam schaute ihr noch einen Moment nach, wie sie in ihrem Kleidchen davonsprang. Ihre goldenen Locken flogen hinter ihr her. Dann steckte er die fast zu Ende gebrannte Zigarette in den Mund, packte die beiden Ketten mit seinen Händen und holte kräftig Schwung. Nun begann *er* an dem kleinen Gestell zu schaukeln, schnell kam er höher und höher. Die Technik hatte er noch voll raus. Pure Glücksgefühle. Wieso machte man das eigentlich nicht mehr, wenn man erwachsen war? Das dürre Gerüst quietschte und ächzte unter seinem Gewicht. Er fand es toll. Als Nächstes würde er auf die Rutsche gehen. Andere Parkbesucher blieben stehen und schauten Adam verwundert zu. Der Typ auf der Schaukel musste in seinem schwarzen Anzug ein komisches Bild abgegeben haben. Es machte ihm nichts aus.

Er hatte sein Ziel fast erreicht. Adam stand noch gut dreißig Meter vom 2PI entfernt, einem der großen Lokale in der City. Er wollte noch die nächste Zigarette rauchen und wollte sichergehen, dass *sie* heute auch da war.

Sie.

16:00

Zum ersten Mal hatte er sie vor ein paar Jahren im Plant gesehen. Das Plant war eine schmutzige, kleine Diskothek, die keine besondere Stilrichtung verfolgte. Man konnte dort so gut wie jede Art von Musik hören und Menschen von jedem Schlag antreffen. Und weil es so klein und leger war und kein großer Wert auf Aussehen oder Erscheinung gelegt wurde, gingen die Leute gerne ins Plant, um einfach eine gute, entspannte Zeit zu haben. So gut wie jeder kam an den Türstehern vorbei. Es war zentral gelegen und man konnte, bevor man mit ein paar Bekannten hinging, in der City noch ein paar Drinks zu sich nehmen. So auch an jenem Abend. Nur waren es vorher viel zu viele Drinks gewesen…

Und dann sah er sie in der Menge. Dieses Wesen, das gar kein Mensch zu sein schien. Das irgendwie ganz anders als alle anderen war. Sie wirkte so unschuldig und zog ihn trotzdem so sehr in ihren Bann. Dieser unbeschreibliche Moment, wenn plötzlich alles um einen herum verstummt und die Zeit stehen bleibt. Sie war eigentlich gar nicht sein Typ und trotzdem hatte es ihn umgehauen. Mit einem Uppercut aus seinen Chucks befördert. Gar nicht wegen ihres Aussehens, sondern einfach, weil sie scheinbar wie die Aurora Borealis zwischen allen anderen leuchtete und schimmerte. War er der Einzige, der sie sehen konnte? Manche nennen es Liebe auf den ersten Blick, andere nennen es Schicksal oder Bestimmung. Der Moment, in dem man einfach weiß, dass es *das* ist. Dass *das* der Grund für alles ist. Die Antwort auf alle Fragen. Der unbeschreibliche Moment, in dem einem bewusst wird, dass man lebt und nun auch den Grund dafür weiß. Der Sinn hinter allem.

Es war nie Adams Art, Frauen in Diskotheken oder Clubs anzusprechen. Er mochte es einfach nicht. Flirten. Dieses Reden über Nichts war ihm zuwider. Das Vorstellen und Anbiedern, das Heucheln und das Getue. Und um ihn herum balzten alle wie Tiere. Präsentierten sich und ihre Klamotten wie Federkleider. Tanzten miteinander wie Skorpione. Fochten wie Schaben mit ihren Antennen. Peniskämpfe, wie bei Plattwürmern. Fehlte nur noch, dass sie sich in die Hand kackten und mit Kot warfen, wie Schimpansen. Mal abgesehen davon war Adam sich bewusst, dass Menschen auch nichts anderes als Tiere waren. Vielleicht sogar noch nicht mal die Besseren. Und obwohl er so voreingenommen dem allen gegenüber war, war er sich einfach sicher, dass diesmal alles passen würde. Dass es irgendwie vorbestimmt war. Er war sich einfach hundertprozentig sicher. Er würde zu ihr hingehen und es würde gut sein. Er würde sie anlächeln, »Hi« sagen, und sie würde ebenso freundlich und erwartungsvoll erwidern »Hi, da bist du ja endlich.«. Ein Dritter hätte sicherlich gesagt, sie passen nicht zusammen und er sollte es lassen. Aber Adam war sich so sicher, wie noch nie in seinem Leben. Die berühmten Gegensätze, die sich anziehen. Plus und Minus, die Schöne und das Biest, ein Engel und ein Teufel.

Wie in Trance tat Adam die ersten Schritte auf sie zu, merkte aber sofort, dass etwas nicht in Ordnung war. Er konnte kaum einen Fuß vor den anderen setzen und verlor auf seinen weichen Knien beinahe das Gleichgewicht. Sein benebelter Blick schweifte auf seine rechte Hand, in der er eine Flasche hielt. Sein wievieltes Bier war das? Sieben? Acht? Und wie viele Tequila hatten sie getrunken? Er nahm noch einen Schluck aus der halb leeren Flasche und stellte sie dann bei irgendwelchen Fremden auf einem kleinen Stehtisch ab, die darüber alles andere als erfreut waren. Adam ignorierte ihre bösen Rufe. Dann steuerte er weiter auf sein Ziel zu. Auf sie, die schöne, unbekannte Blonde. Sie unterhielt sich gerade mit einer Freundin, die fast einen Kopf kleiner war als sie. Und dabei hatte sie, die ganze Zeit, das schönste Lächeln im Gesicht, das Adam jemals gesehen hatte.

Es war ihm nicht bewusst, wie betrunken er schon war. Dass man es ihm deutlich ansah, und dass er nach Bier, Schweiß und Zigaretten stank. Er hätte besser vorher probieren sollen, erst mal ein paar Testworte zu sprechen, sodass seine Zunge wieder etwas in Gang kam. Denn als Adam letzten Endes viel zu nah und taumelnd vor ihr stand, brachte er nicht mehr als ein Lallen hervor, das er selbst ekelhaft gefunden hätte. Er war selbst verdutzt, dass er nicht mehr sprechen konnte. Seine Zunge gehorchte ihm nicht. Das etwas nicht stimmte erkannte er daran, dass ihr Lächeln verschwunden war und sie ihn erschrocken mit ihren großen, wunderschönen Augen anstarrte. Ihr sinnlicher Mund zu einem kleinen o geöffnet. Ihre Freundin, das Mädchen, das einen Kopf kleiner war, trat einen Schritt zurück und zog sie von Adam weg. Er reagierte überrascht, dass sie ihm entrissen wurde, hatte er sie doch endlich gefunden, und griff im Reflex nach ihrem Handgelenk. Viel zu fest. Ihr geschockter Gesichtsausdruck verwandelte sich regelrecht in Angst. Panik. Adam verstand nicht, was in diesem Augenblick passierte, er hatte doch gar keine bösen Absichten. Aber der Alkohol hatte ihn einfach viel zu träge gemacht, um noch etwas zu sagen, um noch irgendetwas richtigzustellen. Ehe er sich versah, wurde er von zwei riesigen Kerlen in die Mangel genommen und musste sie loslassen. Keine Ahnung, ob es die Security war, oder einfach nur andere Gäste, die sich zu Leibwachen berufen fühlten. Es war eine schwarze Wand aus Masse, der Adam sich hilflos ergeben musste. Er versuchte lediglich noch, ihr hinterher zu schauen. Durch einen hellen Spalt in der schwarzen Mauer sah er sie entschwinden. Die Beschimpfungen und die Kraft, die ihm entgegen prasselten, merkte er nicht mal.

Am nächsten Morgen erwachte Adam irgendwann mit einem schrecklichen Kater und übersät mit Hämatomen. Seine Brille war verschwunden. Keine Ahnung, wie er nach Hause gekommen war. Aber er wusste noch ganz genau, was da gestern passiert war und es tat ihm einfach unendlich leid. Es gab noch riesigen Ärger mit den Bekannten, mit denen er an dem Abend rausgegangen war. Und ins Plant kam Adam die nächsten paar Wochen erst gar nicht mehr rein. Zwar legten sich die Wogen nach einiger Zeit wieder, aber den Engel aus jener Nacht hatte Adam nie wiedergesehen. Und langsam wurde die ganze Erinnerung zu einem Traum, einem Märchen in seinem Kopf, das immer mehr verblasste. So verging ein gutes Jahr. Adam war mittlerweile mit Melanie zusammen. Melanie. Eine Beziehung, die aus Gewohnheit und Langeweile bestand. Er lernte sie irgendwann im Büro kennen, als sie neu anfing. Sie waren die Einzigen im selben Alter und mussten einfach zusammenkommen, es gab gar keinen anderen Weg. Und dann führten sie diese unmotivierte, monotone Beziehung, als wären sie ein altes, gelangweiltes Ehepaar.

Adam saß irgendwann mit Schmidt im 2PI, ihrem Stammlokal, als sie diese neue, blonde Kellnerin bediente. Adam nahm sie erst gar nicht richtig wahr und sah sie nur aus den Augenwinkeln. Nicht so wie Schmidt, der immer gleich jedes weibliche Lebewesen mit den Augen auszog. Doch dann trafen sich zufällig ihre Blicke. Sie war es! Der unbekannte Engel, aus jener Nacht in der Diskothek. Sie hatte sich verändert, so wie Adam auch. Sie trug die Haare anders und in den Kelleruniformen sahen hier sowieso alle irgendwie gleich aus. Deshalb war sie ihm am Anfang nicht sofort aufgefallen, aber von Sekunde zu Sekunde wurde es immer deutlicher. Auch Adam trug die Haare anders, hatte ein paar Pfund abgenommen und trug seine neue schwarze Brille, die seinem Gesicht einen anderen Ausdruck verlieh. Aber Adam wusste es. Sie war es. Hatte sie ihn erkannt? Wahrscheinlich schon, trug sie doch bestimmt das Trauma ihres Lebens seit der Nacht in der Disko mit sich rum, so wie Adam seine Franky-Geschichte. Im ersten Moment wäre er am liebsten im Boden versunken und hätte das 2PI nie wieder in seinem Leben betreten. Andererseits war das vielleicht seine zweite Chance. Die Chance, sich bei ihr zu entschuldigen und vielleicht... für mehr? Was würde er mit Melanie machen?

Er wusste es nicht. Er *konnte* es nicht. Und so taten sie beide, als würden sie sich an diesem Tag im 2PI zum ersten Mal im Leben sehen. Sie war einfach die neue Bedienung und er war einfach irgendein Gast. Es lag ihm so oft auf der Zunge, sie auf den Abend im Plant anzusprechen und sich vor allem bei ihr zu entschuldigen. Er wusste aber nicht, wie er anfangen sollte, was er sagen sollte und dass alles noch in diesem Lokal, in dem es immer nur so von Leuten wimmelte. Und so ging Adam jedes Mal mit der Intention ins 2PI, »es heute zu tun«. Aber er tat es nie und kam sich jedes Mal ein bisschen lächerlicher vor. Es kam ihm so vor, als ob sie ihn manchmal so erschrocken anguckte, wie in jener Nacht in der Disko. Und obwohl er sich nichts sehnlicher wünschte, als den Kontakt mit ihr, versuchte er ebendiesen immer so kurz wie möglich zu halten. Er wollte nicht, dass sie sich unangenehm fühlte, geschweige denn Angst vor ihm hatte. Er probierte immer überfreundlich zu sein. Wie gerne hätte er ihr gesagt, dass sie keine Angst vor ihm haben muss, dass es ihm furchtbar leidtat, was in jener Nacht geschehen war und dass er gerne noch mal von vorne beginnen würde. Er wollte ihr sagen, dass er ein netter Kerl war und nichts mit dem Typen aus dem Plant vor einem Jahr gemein hatte. Stattdessen ließ er ihr aus Schuldgefühlen immer ein lächerlich hohes Trinkgeld und hoffte, damit wieder irgendetwas gut zu machen.

Adam schwärmte nicht etwa für sie, oder war in sie verliebt. Nein, Adam *liebte* sie. Er liebte sie so sehr, obwohl er sie nicht mal kannte. Er wusste es einfach. Er fühlte, dass da zwischen ihnen etwas war, was er bei anderen nicht fühlte. Bei Melanie zum Beispiel. Er wusste, es war einfach bescheuert. Umso öfter er sich darüber seinen Kopf zerbrach – und das tat er jeden verdammten Tag –, desto lächerlicher kam es ihm vor. Desto lächerlicher kam *er* sich vor. Wem sollte man denn so was erzählen? Geschweige denn ihr. Sie hieß Christine, das hatte er irgendwann herausgefunden. Und je mehr Zeit verstrich und je öfter er Christine besuchte, desto mehr wurde Adam einfach zum Gast und sie einfach zur Bedienung. Es gab mal einen Plausch über Urlaub und einmal über Tequilasorten, aber sie kamen nie über diese Ebene hinweg.

Vor gut zwei Wochen sah Adam sie zufällig mit ihrem Freund, …Mann, was auch immer. Offensichtlich. Ein großer, muskulöser Typ. Typ Bodybuilder – mit Goldkettchen. Eigentlich hatte er Christine gar nicht so eingeschätzt und sie wirkte auf ihn auch nicht wirklich glücklich. Aber… was bildete sich Adam da überhaupt ein? Was für eine Scheiße reimte er sich da zusammen? Er war einfach eifersüchtig, er war regelrecht böse auf sie. Dabei kannte er sie nicht mal. In Wirklichkeit war Adam einfach wütend auf sich selbst. Er wusste in diesem Augenblick, dass er sie verloren hatte. Nicht mal die Trennung von Melanie hatte ihn damals so mitgenommen. Schmidt tat es als Spinnerei ab. War es das nicht bloß auch nur? Was bildete er sich da nur ein? Im 2PI war er seit dem Tag, als er sie mit ihrem Freund, …Mann, was auch immer gesehen hatte, trotzdem nicht mehr gewesen. Aber heute war es so weit. Adams Tag. Der Tag, an dem er alles richtigstellen würde.

Ein heftiger Schmerz durchzuckte sein Gesicht und Adam erschrak. Der Schnitt auf seiner Wange begann wieder zu pochen. Er blickte zu Boden. Die Zigarette war zwischen seinen Lippen so weit runtergebrannt, dass der halbe Filter schon versengt war. Die Hitze hatte ihn aus seinen Erinnerungen gerissen und ihm einen Heidenschreck verpasst. Adam bemerkte, dass die rechte Seite seines weißen Hemds einen großen Aschefleck aufwies. »Na toll…«, dachte er und versuchte ihn mit der bloßen Hand weg zu reiben. Aber er machte es nur noch schlimmer und zurück blieb eine hässliche, schwarzgraue Stelle. »Scheiße…«

16:11

Das 2PI war zwar ein großes Lokal, allerdings nicht von
sonderlich räumlicher Tiefe. Die gesamte Front bestand aus
einzelnen, verschiebbaren Glaswänden, sodass man beim
Vorbeigehen, oder Reinschauen immer genau sehen konnte, was sich im ganzen Laden gerade so abspielte und ob es
sich überhaupt lohnte hineinzugehen. Abends und an Wo-
chenenden war es nicht selten so voll, dass man keinen
Platz mehr bekam. Nicht mal mehr an der Bar. Bei warmen
Temperaturen konnten die Glaswände entfernt werden,
sodass es beinahe wie eine große Terrasse wirkte, was noch
mehr Publikum anzog. Und auch heute war es so mild, dass
einige der Glasflügel offenstanden.

Adam hatte an einem Tisch, an einem der geöffneten
Flügel Platz genommen. Obwohl vier bis fünf Personen an
der großen Tafel hätten sitzen können, wusste er, dass es
kein Problem geben würde. Um diese Uhrzeit herrschte
noch kein großer Betrieb und er würde nicht Gefahr laufen,

den Platz für eine größere Personengruppe freimachen zu müssen. Die gekaufte Zeitung und sein Päckchen Zigaretten lagen auf der Tischplatte und Adam saß entspannt auf einem der Stühle. Obwohl er die Speisekarte schon aufgeschlagen vor sich hatte, blickte er in Gedanken versunken aus dem offenen Fenster an die Stelle, an der er eben selbst noch gestanden hatte.

Er war einer von wenigen die sich heute bereits im 2PI eingefunden hatten. Weiter vorne saßen noch zwei einzelne Gestalten und ein Pärchen. Etwas hinter ihm, weiter im Raum, saßen drei Frauen an einem Tisch und tratschten. Die eine von ihnen hatte Adam ein bisschen an Linda Lexus erinnert – bis auf die riesigen Silikonbrüste.

»Hi, kann ich dir schon was zu trinken bringen?«

Er blickte überrascht auf. Es war nicht Christine, die ihn angesprochen hatte, sondern einer der männlichen Kellner. Adam kannte ihn vom Sehen, so wie jeden anderen vom Personal auch. Und sie kannten ihn, deshalb war ihr Umgangston relativ locker. Adam schätze sie auf dasselbe Alter, er war aber nicht gut in so was. Den Namen kannte er nicht. Er vermutete italienische oder spanische Herkunft. Der Kellner war immer äußerst höflich und zuvorkommend, deshalb mochte Adam ihn. Er antwortete schließlich:

»Ja, einen Kaffee bitte.«

»Kommt sofort.«

»Ach, kann ich hier rauchen…?«

»Ja, an dem offenen Fester schon…«, der Kellner nahm einen Aschenbecher von einem der anderen Tische und platzierte ihn vor Adam.

Adam blickte ihm nach. Vielmehr probierte er, an ihm vorbei zu sehen. Er konnte Christine aber nirgendwo ausmachen. Hatte er sich getäuscht? Unsicher wendete er sich wieder der Karte zu.

Das 2PI war eine typische American Sports Bar. Die Einrichtung bestand aus dunklem Teakholz, was gut zu den dunkelroten Backsteinwänden und den ebenso dunklen Holzdielen passte. Um das Gesamtbild abzurunden, konnte man hier und da Bordeaux und dunkelgrüne Farbakzente ausmachen. Ein angenehmes Ambiente. Zu gegebenen Anlässen konnte man die wichtigsten Sportereignisse auf einer großen Videoleinwand verfolgen. Es liefen immer Fernseher, mit aktuellen Spielen oder Sportergebnissen. Oft verbrachten sie hier ihre Abende. Mit Schmidt oder Walther. Wobei Adam immer erst in zweiter Linie an die Spiele dachte…

Auch die Speisekarte war gestaltet, wie es sich für eine American Sports Bar gehörte. Es gab alle möglichen Arten von Fries, Onionrings, Spareribs, Chickenwings, riesige Hamburger, American Style Pizzas, Shakes, verschiedene Biersorten und Cocktails. Und obwohl einem schon beim Lesen das Wasser im Mund zusammenlief, entschied sich Adam oft nur für einen Salat. Auf die Gesundheit achten. Auf die Linie achten. Ins Fitnesscenter rennen. Bescheuerte Komplexe. Er schüttelte den Kopf, als er so darüber nachdachte. Wie dumm er gewesen war. Heute war er ein anderer Mensch. Als sähe er heute alles mit anderen Augen. Wofür hatte er sich das immer alles verkniffen? Er hatte damit gar nichts erreicht. Es hatte ihm nichts gebracht. Und heute war es vorbei. Er legte die Karte beiseite und blickte auf. Von Christine war nicht die geringste Spur zu sehen. Adam kramte sein Mobiltelefon hervor. Er hatte es auf lautlos gestellt und sah erst jetzt, wie viele Anrufe er verpasst hatte. Die Vibrationen hatte er nicht wahrgenommen. Die meisten Anrufe waren aus Adams Firma, das konnte er an den Ziffern erkennen. Dann war da noch eine andere Mobilnummer, die probiert hatte, ihn mehrmals zu erreichen. Und obwohl Adam den Kontakt schon lange aus dem Speicher gelöscht hatte, kannte er die Nummer immer noch. Melanie.

Wie der Zufall es manchmal so will und wie man es nicht wirklich erklären kann, begann das Telefon genau in dem Moment zu vibrieren, als Adam es betrachtete. Wie in einer Soap Opera. Genau die Nummer, welche er auch ohne Namen entschlüsseln konnte.

»Hi, Mel…«, seufzte er, mehr als er es sagte.

»Adam! …wo bist du?«, Melanie hauchte nur, als ob sie irgendwo im Verborgenen sprechen musste.

»Oh, ich bin gerade was essen…«, Adam klang völlig unschuldig, als ob es das Selbstverständlichste der Welt wäre. Dabei beobachtete er weiter das Treiben vor dem Fenster.

»Adam, die suchen dich hier überall. Rupper läuft gleich Amok…«, sie klang sorgenvoll, er lächelte nur bei dem Gedanken.

»Ist alles in Ordnung? Ist was mit deiner Mutter? …ich mache mir Sorgen Adam…«

»Ach Mel…«, seufzte er wieder. »Dafür ist es doch nun zu spät, oder? …mir geht's super. …so gut wie noch nie.«

Melanie klang irritiert und wusste offensichtlich nicht, was sie entgegnen sollte.

»…na gut. Also… bis dann Adam.«

»Ja, bis dann Mel.«, …du dumme Kuh.

Wo er Melanie jetzt so in Gedanken vor sich sah, erinnerte sie ihn ein bisschen an Diva Divine – bis auf die riesigen Silikonbrüste.

Sie hatte ihn einfach irgendwann verlassen. Kommentarlos. Sie hatten nie darüber gesprochen. Sie hatten nie zueinandergepasst. Sie waren völlig verschieden. Adam hatte sie eigentlich nie wirklich geliebt, es war einfach schön, jemanden zu haben. Und doch hatte es ihn verletzt, als es zu Ende war und er gar nicht wirklich wusste warum. Dass sie weiter zusammenarbeiten mussten, machte die Sache nicht leichter. Er bereute, dass er sie so tief in sein Leben hatte kommen lassen, und dass sie jetzt ein Teil davon war.

Adam hatte kaum einen Blick auf die Titelseite der Zeitung geworfen, die er zusammen mit den Zigaretten gekauft hatte. Wofür hatte er sie überhaupt mitgenommen? Sie war wohl unterbewusst nur ein Vorwand, damit er nicht wie ein Spinner tatenlos alleine im 2PI rumsitzen musste. Er registrierte zwar, dass jemand in seine Richtung kam, realisierte es aber erst, als eine Stimme erklang. Ihre Stimme.

»Einen Kaffee!?«

Es war Christine. Sie sah toll aus. Sie sah einfach immer toll aus. Sie war so schön. Sie hatte dieses ganz besondere Etwas, was sie in Adams Augen ganz einfach von allen anderen Menschen abhob. Sie stach aus dem Mob von Klonen einfach hervor. Sie hatte dieses bildhübsche Gesicht. Von ihren großen, blauen Augen konnte Adam den Blick fast gar nicht abwenden. Sie hypnotisierte ihn regelrecht damit. Ihr leuchtend blondes Haar hatte sie meist hochgesteckt, was ihren zierlichen Hals zur Geltung kommen ließ. Dabei stand Adam nicht mal auf Blond. Aber ihr Haar strahlte wie die Sonne. Christines Haut war makellos und zart. Wie gerne er sie berühren würde. Ihre Arme waren schlank und schön, so viel gab die Kellneruniform preis. Ihre Hände waren absolut gepflegt, ohne dabei künstliche gemacht zu wirken. Und unter dem dunkelgrünen Shirt zeichneten sich Brüste ab, die für ihre Figur nicht perfekter hätten sein können. Wenn sie lächelte, blieb alles andere um sie herum stehen. Leider lächelte sie in seiner Gegenwart nur selten. Sie wirkte nie unfreundlich oder eingebildet, doch Adam meinte, wieder dieses Unwohlsein ihm gegenüber zu spüren. Als ob da eine Wand zwischen ihnen war. Und er wusste nicht, was er dagegen tun konnte.

»Hallo... ja, danke.«, lächelte er vorsichtig. So nett er konnte.

Behutsam stellte sie die Untertasse auf dem Tisch ab.

»Möchtest du auch etwas zum Essen bestellen?«, sie schaute ihm genau in die Augen. Adam ließ keinen Moment von ihrem Blick ab.

»Ja, bitte. Ich sterbe... ...ich hätte gerne ein Rumsteak, mit einer großen Portion American Fries und Barbecuesauce.«

Er bestellte im Grunde ein Dreihundertgrammstück Fleisch und gebratene Kartoffelecken.

»Keinen Salat dazu?«, fragte Christine.

»Nein, vielen Dank… heute keinen Salat…«, er schüttelte leicht den Kopf und probierte so harmlos wie irgend möglich zu wirken.

»Und wie möchtest du dein Steak?«

»Rare, bitte.«, obwohl Adam wusste, dass der Küchenchef nicht der Beste war und jedes Fleisch medium anrichtete, probierte er es immer wieder.

»Alles klar.«, bevor sie ging, schenkte sie ihm noch ein kurzes Lächeln.

Adam nahm es irgendwie mit Wehmut wahr. Er sah ihr nach. Und irgendwie empfand er es in diesem Moment, als würde sie nicht bloß von ihm weggehen, sondern als verließe sie ihn für immer. Er wusste, dass er sie verloren hatte.

Noch bevor sein bestelltes Essen kam, orderte Adam ein großes Bier und einen Wodka. Tequila mochte er nicht mehr. Keine Ahnung, er hatte wohl einfach irgendwann zu viel davon gehabt. Um genauer zu sein von diesem Mix-Getränk: Tequila-flavored-Beer. Bis es ihm einmal wieder zur Nase rausgekommen war. Seitdem konnte er das Zeug nicht mehr riechen. Vielleicht war es sogar die besagte Nacht im Plant gewesen. Er hatte in der Karte geschaut, was er sich zur Feier des Tages noch gönnen konnte, entschied sich dann aber einfach für den Wodka. Immerhin den teuersten der Auswahl. Christine servierte alles freundlich und gekonnt, wie bei jedem anderen Gast auch. Adam bedankte sich immer jedes Mal brav, ohne überhaupt den Versuch eine Konversation zu starten. Er hatte sich immer irgendein Signal ihrerseits gewünscht. Irgendein Zeichen, dass ihm signalisierte »Sprich mich doch an!«. Aber es kam kein Zeichen. Oder Adam war einfach zu blind um es zu deuten.

Zwischendurch blätterte er uninteressiert in der Zeitung und las kein Wort dabei. Nur auf der Seite mit den langweiligen Comicstrips blieb er kurz hängen. Er schaute wieder aus dem Fenster und betrachtete alles, was sich vor dem 2PI abspielte. Dabei saß er locker und entspannt an dem Tisch und hatte sich mittlerweile eine Zigarette angesteckt. Er rauchte sonst nie im 2PI. Er hatte mit der Zeit beobachtet, dass Christine Nichtraucherin sein musste, und wollte sich so auf ihre Seite stellen. Einfach bescheuert. Jetzt nicht mehr. Das endlose Interpretieren von Gesten war heute endlich vorbei. Er dachte über sein früheres Verhalten nach und musste lächeln. Über sich selbst. Genüsslich stieß er den inhalierten Rauch wieder aus. Zwischendurch beobachtete er auch Christine und wie sie ihrer Arbeit nachging. Ihre schönen Formen und wie sie sich grazil durchs Lokal bewegte, wie sie zu jedem freundlich und zuvorkommend war. Aber er beobachtete sie aus völlig anderen Augen, als er es früher getan hatte. Irgendwie war es für ihn wie ein Abschied. Es war ihm sogar egal, wenn sie es zwischendurch mitbekam. Manchmal lächelte sie ihm zu, manchmal nicht.

Als das Steak nach einer Weile kam, aß Adam es langsam und bedächtig. Genüsslich zerkaute er jeden Bissen. Die Kartoffeln waren goldgelb und knusprig. Auch das Fleisch war hervorragend. Heute konnte man es sehr wohl als rare bezeichnen. Es war saftig und weich, und Adam ließ sich jedes einzelne Stück auf der Zunge zergehen. Die tiefbraune Sauce schmeckte dazu angenehm rauchig. Er trank das perfekt temperierte Bier und bestellte bald ein Neues. Mittlerweile hatte sich ein Pärchen an dem Tisch hinter ihm niedergelassen. Sie erinnerte ihn ein bisschen an Paula Perfect – bis auf die riesigen Silikonbrüste. Hin und wieder schnappte Adam ein paar Worte ihres oberflächlichen Gesprächs auf, beließ es aber auch uninteressiert dabei und beschäftigte sich lieber wieder mit seiner Mahlzeit. Er brauchte beinahe eine halbe Stunde für die Portion, was für ihn schon fast eine Ewigkeit war. Normalerweise war Adam ein schneller Esser. Auf dem großen weißen Teller ließ er lediglich ein kleines Stück von dem Fleisch übrig, das ihm zu sehnig war, und ein paar frittierte Kartoffelreste, die zu hart waren, um sie mit der Gabel aufzuspießen. Gesättigt und zufrieden lehnte sich Adam wieder im Stuhl zurück und griff nach einer der dunkelgrünen Servietten aus dem Spender. Er faltete sie ein Stück auf und tupfte sich seinen Mund damit ab. Der Schnitt auf seiner Wange schmerzte. Danach kontrollierte er seine Hände und Fingernägel. Das Essen hatte gutgetan.

Adam entschied sich, kurz die Toilette aufzusuchen. Dabei ließ er die Zeitung und seine Zigaretten einfach auf dem Tisch zurück. Nur sein Telefon verstaute er wieder in der Innentasche seines Anzugs. Er durchquerte das 2PI beinahe bis zum anderen Ende. Vorbei an der langen Bar, den Stehtischen und an Christine, die ihn diesmal nicht ansah. Dann nahm er die Treppe nach unten.

Nachdem er sich erleichtert hatte, betrachtete Adam sich im Spiegel. Er war allein. Der Anzug saß perfekt, die Krawatte war gelockert, das Hemd oben aufgeknöpft und mit einem hässlichen Fleck besudelt. Er hatte noch immer die roten Pünktchen unter den Augen, die von seinem Erbrechen heute Morgen zeugten. Adam wusch sich die Hände, um danach zu merken, dass der elektrische Lufttrockner defekt war. Der Tuchspender war leer. Er versuchte das Wasser an seinen Händen so gut es ging abzuschütteln. Dann betrachtete er sich erneut im Spiegel. Der Schnitt in seinem Gesicht war dunkelrot, fast schwarz. Adam beugte sich nach vorne und betrachtete ihn genau. Es war noch keine richtige Kruste, aber das geronnen Blut erfüllte denselben Zweck. Vorsichtig betastete er es mit dem rechten Mittelfinger. Seine Hand stank nach Nikotin. Es fühlte sich seltsam an. Sowohl an der Fingerspitze als auch auf seiner Wange. Vorsichtig probierte er, ein Stück von der Haut zu lösen.

Es brach ein viel größeres Stück ab, als Adam es eigentlich gedacht hatte. Sofort begann die Stelle zu brennen und schmerzen. In der kleinen freigelegten Hautrille sammelte sich schnell wieder Blut. Viel Blut, für einen solchen Schnitt. Adam versuchte, es mit den Fingern aufzunehmen und wegzuwischen, aber es war zu viel. Letztendlich benutzte er das Ende seiner Krawatte und drückte sie fest auf die Wunde. Er wartete eine Weile, bis er die Stelle noch einmal im Spiegel kontrollierte. Die Blutung ging schon zurück, aber er würde noch etwas warten müssen. Zu seinem Erstaunen färbte sein Blut die schwarze Krawatte an den betroffenen Stellen noch schwärzer, wenn das überhaupt möglich war. Adam überlegte, sie einfach abzunehmen und hier zu lassen, entschied sich aber dann doch dagegen. Der Knoten hatte sich noch etwas mehr gelockert.

Auch sein weißes Hemd war nicht unbeschadet davongekommen. Auf der rechten Brust, gleich neben dem Aschefleck, hatten zwei rote Tropfen das Material getroffen und hinterließen kleine rote Kreise im Gewebe. Er versuchte nicht mal, sie auszuwaschen.

Adam machte sich auf den Weg zurück zu seinem Tisch, als die Blutung so gut wie gestoppt war. Den Rest würde eine Serviette erledigen. Er blieb kurz vor einem Ständer stehen, der mit allen möglichen Flyern und Werbemitteln bepackt war. Mehr oder weniger aufmerksam ließ er seinen Blick über die bunten Blättchen schweifen. Ein schwarzer Zettel erlangte seine Aufmerksamkeit. Er warb für eine Art Elektro-Festival, das heute begann. Adam hatte davon schon vor ein paar Tagen in einem Magazin gelesen. Er steckte den Flyer in eine Tasche.

In Gedanken versunken setzte Adam seinen Gang fort. Wieder oben angekommen ließ er seinen Blick durch das Lokal schweifen. Und plötzlich erstarrte er. Christine stand ganz hinten, fast am anderen Ende der Bar. Neben ihr saß *er* auf einem der Barhocker und sie unterhielten sich. Sie und ihr Freund, ...Mann, was auch immer. Adams Weg führte an den beiden vorbei. Christines und Adams Blick trafen sich. Ihr ...Freund saß ihm mit dem Rücken zugewandt. Adam lächelte. Christine nicht. Als er wieder an seinem Platz angekommen war, kreuzte er auch kurz den Blick ihres Freundes. Keine Ahnung, was dieser wusste oder dachte. Wahrscheinlich war Adam für ihn nur ein Gast, wie jeder andere auch.

Der Teller und das Besteck waren abgeräumt. Nur noch ein halb ausgetrunkenes Bier und ein leeres Shot-Glas standen auf dem Tisch. Adam griff nach einer neuen Serviette, drückte sie leicht auf seine Wange und kontrollierte sofort den Abdruck. Es war nur noch ein zarter roter Strich zu sehen. Es würde nicht mehr bluten, wenn er sich nicht noch mal so blöd anstellen würde. Er wollte einen Blick auf die Rolex werfen, nur um zu merken, dass sie nicht mehr um sein Handgelenk gelegt war. Die Uhrzeit kontrollierte er schließlich in seinem Mobiltelefon. Er würde gleich mal Schmidt anrufen. Dann zündete er eine neue Zigarette an und holte den schwarzen Flyer wieder hervor. Genau genommen handelte es sich um ein Elektro-Industrial-Festival. Das war ja noch besser! Es sollte in irgendeiner verlassenen Fabrikhalle, in einem angrenzenden Industriegebiet stattfinden. Adam erinnerte sich an die Örtlichkeit. Walther und er waren dort schon einmal zu einem anderen Event gewesen. Sie mochten die Industrial-Richtung. Hardcore, Gothic, wo immer auch die genauen Unterschiede waren, vermochte Adam nicht zu trennen. Die Musik war jedenfalls hart und laut. Man stelle sich vor, in einer arbeitenden Maschine gefangen zu sein, oder die Geräuschkulisse, wenn Alieninvasoren die Erde mit ihren Lasern und Kanonen in Schutt und Asche legen. Zu den Events kamen die skurrilsten Gäste in ihren Aufzügen und putzen sich raus. Schwarz war die angesagte Farbe. EMO, Goth, Steampunks, keine Ahnung, wie sie sich alle nannten. Walther und Adam gefiel in erster Linie die Musik, und solange man schwarz gekleidet war, viel man auch nicht negativ auf. Manche Kleingeister beäugten die Szene kritisch, aber in Wirklichkeit war es das offenste, vorurteilsloseste und unkritischste Partyvolk, das Adam je erlebt hatte.

Den Rest seines Bieres hatte er mittlerweile in zwei Zügen ausgetrunken, als Christine wieder vor ihm stand.

»Kann ich dir noch was bringen?«

Adam nahm wahr, dass ihr Freund sie von seinem Platz an der Bar beobachtete. Aber er empfand es als vollkommen wertfrei. Es lagen ungefähr zehn Meter zwischen ihnen und was sie redeten, konnte er wahrscheinlich nicht hören. Adam ordnete kurz seine Gedanken.

»Ähm… nur noch die Rechnung, bitte.«

Während er wartete, suchte Adam in seinem Portemonnaie nach einem möglichst passenden Schein. Er wollte hier keinen unnötigen Trubel durch einen Fünfhunderter lostreten. Nach wenigen Minuten kam sie wieder zu Adam, mit der Rechnung in ihrer Hand. Sie legte den kleinen Zettel zu ihm auf den Tisch, sodass er die Aufstellung sehen konnte. Adams Aufmerksamkeit galt allerdings nur ihren schönen Händen. Sie begann die einzelnen Positionen aufzuzählen, um Verwechslungen auszuschließen. Erst als er die Auflistung hörte, wurde ihm bewusst, dass er bereits drei Bier und zwei Wodka getrunken hatte. Und nun spürte er sie auch.

»Das macht dann 53,30, bitte.« Christine blickte ihn erwartungsvoll an.

Adam hielt ihr den Hunderter hin, worauf sie anfing, in ihrer Bauchtasche nach dem Wechselgeld zu suchen.

»Mach bitte 60 draus…«

»Danke.«, sagte sie leise mit einem pflichtbewussten Lächeln.

Ihr Lächeln war Adam das Trinkgeld allemal wert. Ihre Hände berührten sich kurz, als sie ihm das Wechselgeld gab. Adam stand auf und zog seinen Anzug zurecht. Sein Blick fiel auf die Flecken auf seinem Hemd und seiner Krawatte. Dann griff er nach seinen Zigaretten, die nutzlose Zeitung würde er einfach hierlassen. Christine war noch dabei, das Geld in ihrem Portemonnaie und Selbiges in der Bauchtasche zu verstauen und stand jetzt fast unmittelbar neben ihm.

»Gibt's heute was zu feiern?«, fragte sie schüchtern.

Adam war überrascht. Er überlegte kurz, und als ihm die passende Antwort einfiel, musste er lächeln.

»…mein neues Leben.«

»Oh, …na dann wünsche ich dir dabei viel Glück.«, entgegnete sie freundlich.

»Danke.«, sagte er leise.

Für ein paar Sekunden standen sie sich noch gegenüber, dann nahm Christine die leeren Gläser vom Tisch und wollte gehen.

»Christine… warte mal bitte…«, seine Stimme klang vollkommen ruhig und entspannt, immer noch ein leichtes Lächeln im Gesicht.

Keine Ahnung, was sie dachte. Keine Ahnung, ob sie es komisch fand, dass Adam sie beim Namen nannte. Sie war schon einen Schritt gegangen, drehte sich aber jetzt zu ihm um. Ihr Lächeln war einem unsicheren Gesichtsausdruck und Skepsis gewichen. Mit ihren großen blauen Augen, blickte sie Adam vorsichtig fragend an.

Er holte einmal tief Luft.

»Ich bin ein Idiot…«, seufzte er. Adam blickte auf den Boden, sagte es weniger zu ihr als mehr zu sich selbst. In der Sekunde schien eine Tonnenlast von ihm abzufallen. Unsicher, ob sie richtig verstanden hatte, tat Christine wieder einen Schritt auf ihn zu. Adam fühlte sich auf einmal ganz leicht. Dann blickte er ihr genau in die Augen, in ihre wunderschönen Augen.

»Jede Woche komme ich hier her, um mit dir zu reden. Und dann sitze ich nur hier und krieg nichts auf die Kette…«

Wusste sie überhaupt, wovon er da sprach?

»…das, was da zwischen uns passiert ist, im Plant… …das tut mir unendlich leid. Es tut mir leid, dass ich dir so einen Schrecken eingejagt habe, und dass ich dich so hart angefasst habe. Und jetzt komme ich hier jede Woche hin, und du musst mich auch noch bedienen…«

Wusste sie überhaupt, wovon er da sprach?

»Ich hab in dieser Nacht einfach die totale Scheiße gebaut und weiß echt nicht, was mich da geritten hat. Ich war leider schon etwas betrunken… kann man wohl sagen… aber als ich dich da gesehen habe… ich weiß, es klingt total bescheuert… ich musste einfach zu dir …ich musste einfach mit dir sprechen… …hat nur leider nicht mehr so gut geklappt…«

Was machte er da nur? Erinnerte sie sich überhaupt noch an ihn? Wusste sie überhaupt, wovon er da sprach?

»Ich bin eigentlich gar nicht so… Ich bin eigentlich ein ganz netter Kerl…«

Wusste sie, wovon er sprach?

»…ist ja auch egal. Jedenfalls… …es tut mir leid.«

Christine wusste, wovon er sprach.

Schon während seiner Worte war die Skepsis immer mehr aus ihrem Gesicht verschwunden, wie Gewitterwolken, die langsam einen strahlenden Himmel freigeben. Mit immer größer werdenden Augen lauschte sie ungläubig und fast wie in Trance Adams Worten und dem, was er sagte. Adam war sich nicht sicher, aber sie hatte ihm jedes Wort von den Lippen abgelesen und ganz genau verstanden, wovon er sprach. Während er redete, war es, als wenn dieses komische Gefühl zwischen ihnen sich langsam auflöste. Die imaginäre Wand fiel Stein für Stein in sich zusammen. Bis sie weg war.

Als sie antwortete, war es, als wäre auch von ihr eine Tonnenlast abgefallen. Als würde sie ihn gleich umarmen wollen.

»Danke...«, sagte sie nur leise. Mit erlöstem Gesichtsausdruck.

Noch einen Moment standen sie nur da und blickten sich gegenseitig an. Dann trat sie langsam einen Schritt zurück, immer noch Adam anschauend, bis sie sich zögerlich umdrehte und wie auf Wolken davon zu schweben schien.

Ihr Freund hatte die komische Szene von seinem Barhocker aus aufmerksam verfolgt. Aufgeregt wollte er von Christine wissen, was eben vorgefallen war, als sie leichtfüßig wieder bei ihm ankam. Sie hatte noch nicht geantwortet, als Adam in Richtung Ausgang, an den beiden vorbeikam.

»Alles klar!?«, mit runtergezogenen Augenbrauen und lauter Stimme raunzte er Adam an.

»Ja, danke.«, lächelte der erlöst zurück und setzte seinen Gang fort, ohne stehen zu bleiben.

Er wusste, dass er sie verloren hatte.

Das Kapitel »Christine« war nicht glücklich zu Ende gegangen, aber es war endlich abgeschlossen.

Als Adam aus dem 2PI hinaustrat blies ihm eine warme Brise ins Gesicht. Er blieb stehen, schloss die Augen, atmete tief ein und genoss sie, als wäre sie für ihn bestimmt.

17:17

Das Mobiltelefon vibrierte, als Adam gerade wieder auf dem Weg zu seinem Wagen war. Es hatte ihn in einen gewissen Grad der Hektik versetzt, als er probierte es ungeschickt aus seiner Innentasche zu ziehen. Die halb gerauchte Zigarette fiel dabei zu Boden. Auf dem bunten Display leuchtete ihm der Name »Schmidt« entgegen.

Wenn man Adam mal nach seinem besten Freund gefragt hätte, wäre die Antwort wohl »Schmidt« gewesen.

»Schmidt...!?«, fragte Adam in das Mikrofon, unsicher, ob er das Gespräch nun entgegengenommen hatte oder nicht.

»Hey Adam... alles klar bei dir?«, er befand sich offensichtlich gerade in seinem Auto, auf der Fahrt irgendwo hin. Adam konnte die Umgebungsgeräusche hören, das Brummen des Motors und das Rauschen der vorbeiziehenden Straße.

Im Gegensatz zu vielen anderen war für Adam die Frage »Alles klar bei dir?«, oder »Wie geht's dir?«, nicht nur eine Floskel. Er beantwortete sie stets wahrheitsgemäß und bedächtig. Oft zum Erstaunen der Fragenden, die als Antwort eigentlich auch nur eine bedeutungslose Floskel erwartet hatten. Auch heute überlegte er kurz:

»So klar wie noch nie…«

»Schönschön. Schön zu hören…«, Schmidt antwortete nach einem Moment, abgelenkt und irgendwie uninteressiert.

»Hör zu… ich werde es heute leider nicht schaffen, mit unserem Treffen. Lass uns das auf morgen verschieben oder so…«

Adam hatte es gewusst. Er hatte gewusst, dass heute genau *das* passieren würde. Schmidt versetzte ihn. Mal wieder. Ein Gefühl von Enttäuschung und Wut machte sich in ihm breit. Und doch musste er lachen, als hätte ihm jemand einen bescheuerten Witz erzählt.

»…du bist doch ein dummes Arschloch…«, es klang wie eine Mischung aus Seufzen und Lachen »Warum erzählst du mir immer so eine Scheiße?«

Was ihn aber dann fast noch fassungsloser machte und dem Ganzen die Krone aufsetzte, war das Unverständnis, auf welches er anscheinend bei Schmidt stieß.

»Was hast du denn?«, fragte er unschuldig und verwundert.

»Was *ich* habe!? WAS *ICH* HABE!? Seit drei Tagen erzählst du mir jetzt schon, dass wir uns *morgen* treffen würden. Willst du mich eigentlich irgendwie verarschen oder so? …herzlichen Glückwunsch, klappt super!« Adam schrie nicht, aber viel lauter konnte seine Stimme auch nicht mehr werden.

»Ja… tut mir leid, man. Pass auf… ich hab dir doch von dieser Kleinen erzählt, bei mir aus dem Büro. Wir gehen heute Abend was zusammen trinken…«, plötzlich einsichtig, versuchte Schmidt sich zu rechtfertigen.

Das war einer der Punkte, oder vielleicht der Punkt überhaupt, für den ihn Adam hasste. Sie waren Freunde, gute Freunde, die immer eine gute Zeit zusammenhatten. Aber Schmidt ließ sich immer durch die winzigsten Kleinigkeiten sofort ablenken. Manchmal wirkte er einfach desinteressiert und das machte Adam traurig. Das, was zwischen ihnen war, schien nicht von beiden gleich interpretiert zu werden. Als ob Adam nicht so wichtig wäre.

Schmidt, Walther und er hatten mal geplant, zusammen einen Trip nach Las Vegas zu machen. Eine gute Zeit zu haben und die Stadt der Sünde auf den Kopf zu stellen. Voller Vorfreude hatte Adam sich hingesetzt und am Computer angefangen Pläne zu machen. Die billigsten Flüge zu suchen, ein passendes Hotel zu finden, auszuloten wo sie hingehen und was sie machen würden. Aber es kam nie zustande. War immer ein unerfülltes Versprechen geblieben.

Bei einer Anprangerung hätte Schmidt wahrscheinlich Besserung gelobt, was dann genau eine Woche gehalten hätte. Was hätte Adam tun sollen? Den Kontakt auflösen? Einen seiner letzten Freunde aus seinem Leben verbannen? Schmidt schien es nicht zu interessieren oder zu verstehen.

»Sobald du was Besseres hast, bin ich wieder raus, oder was? Nur weil du die Alte knallen willst…«

»Man, sorry… versteh das doch. Was würdest du denn machen?«

»Mich an einem anderen Tag mit ihr treffen!?«, schlug Adam sarkastisch vor.

»Hat sich halt so ergeben… pass auf…«, beschwichtigte Schmidt schließlich »ich mach morgen früher Feierabend und komme dann vorbei. Wird zwar ein bisschen knapp, aber wir gehen dann einen trinken oder so…«

»Ja, klar. Wenn du sie heute fickst, wirst du sie morgen auch ficken wollen…«, Adam steckte sich eine neue Zigarette in den Mund.

Er stellte sich vor, wie Schmidt das morgige Treffen mit den Worten »Du hattest Recht.« absagen würde.

»Ne, pass auf: Ich seh mal zu, dass ich morgen so gegen vier loskomme. Am besten wir quatschen gegen Mittag noch mal.«, mit einem triumphierenden Klang präsentierte Schmidt seine Lösung.

Adam fühlte reine Selbstbestätigung. Es klang nur noch Gleichgültigkeit aus seiner Stimme, als er emotionslos antwortete:

»Jaja. Bis morgen…«

Er war stehe geblieben, um sich die Zigarette anzuzünden, aber das scheiß Feuerzeug wollte nicht funktionieren. Wieder und wieder drehte er an dem kleinen Rädchen und erfolglose Funken sprühten durch die Luft.

»Rauchen schadet der Gesundheit.«, hörte er jemanden besserwisserisch hinter sich sagen.

Adam drehte sich um. Vor ihm stand eine Seekuh. Ein Manati. Ein Dugong. Ein sprechendes Dugong. Winzige Augen, kein Hals, keine Gelenke, keine Konturen.

»Fettheit auch!«, sagte er knapp mit runtergezogenen Augenbrauen.

Endlich züngelte eine Flamme aus dem kleinen Plastikgehäuse.

Er saß wieder im Wagen. Ein harter Nine Inch Nails-Song dröhnte aus den Boxen. Die Lautstärke so weit aufgedreht, dass es wehtat. Adam sang die Worte mit. Schrie sie mit, dass seine Adern am Hals hervortraten und ihm der Speichel aus dem Mund flog. Nach der letzten Klimax des Songs, in welchem Adam die Drums nur so um die Ohren flogen und dem darauffolgenden Schlussakkord wurde es für einen Moment ganz still, vom Blubbern des Motors abgesehen. Dann erklang ein Rauschen, Herzschlag, Stimmen, Geräusche wie von spielenden Kindern in einem Park. »Somebody« von Depeche Mode. Einer von Adams Lieblingssongs. Schnell regelte er die Lautstärke etwas nach unten, um die Zerbrechlichkeit der sanften Klänge nicht durch unpassende Lautstärke zu übersteuern. Er lauschte. Früher hatte dieser Song, der so sanft und so wahrhaftig war, der mit jedem Wort auch Adams Herz hätte entsprungen sein können, ihm das Wasser in die Augen getrieben. Er hatte ihn so oft auf Autorepeat laufen lassen, manchmal stundenlang, dass er jedes Wort auswendig konnte. Ein Song, der einen erwachsenen Mann, Mitte zwanzig, zum Weinen gebracht hatte. Aber heute nicht. Heute sang er die

Worte einfach, mit einem befreiten Lächeln auf den Lippen, lauthals mit.

19:09

Alles war ruhig. Nicht ein Ton war zu hören. Es war irgendwie trüb. Irgendwie Grau. Neblig. Adam konnte keine drei Meter weit blicken. Wo war er?

Eine Stimme, irgendwo ganz weit weg. Er erkannte sie nicht, wusste aber genau, dass sie mit ihm sprach. Dass sie ihn rief. Woher kam sie? Sie schien irgendwie von über ihm zu kommen. Langsam drehte er sich um. Und plötzlich fiel er. Als wäre auf einmal der Boden unter ihm verschwunden. Tief. Wie in eine schwarze Schlucht. Er bekam Angst. Panik. Der Moment, in dem man registriert, dass man schon zu tief gefallen ist, als dass man unbeschadet landen würde. Er wurde immer schwerer, immer schneller…

Schockartig riss es Adam aus seinem Traum. Er rang nach Luft, als hätte er sich gerade aus der Tiefe an die Wasseroberfläche gekämpft.

»Oh, das tut mir leid… Ich wollte Sie nicht erschrecken.«, die Stimme redete beruhigend auf ihn ein.

Die Stimme aus dem Traum. Sie gehörte einem älteren Herrn, der auf Adam hinabblickte. Adam saß auf einer grün gestrichenen Parkbank. Die Farbe blätterte an manchen Stellen ab, darunter war ein dunkles Rot, fast Braun zu erkennen.

»Alles in Ordnung, Sir?«, die Stimme des Mannes war tief und eindringlich.

Adam betrachtete ihn aus zugekniffenen Augen. Seine Augen brannten. Wie alt der Mann war, konnte Adam nicht sagen, aber er schätze ihn jenseits der sechzig. Er hatte einen buschigen grauen Schnurrbart und ebenso buschiges wie graues Haupthaar, das unter einer grünen Mütze hervorquoll. Sein schlanker Körper war mit einem grünen Overall bekleidet. Bei sich hatte er einen Besen und eine Art Karren. Irgendwie musste Adam an Albert Einstein denken. Den Erfinder der Kühlmittelpumpe.

»Sir, geht es Ihnen gut?«, insistierte der alte Mann.

Es dauerte noch einen Moment, ehe Adam endlich antwortete. Die ersten Worte fielen ihm reichlich schwer.

»...mh... ja. Es ist alles in Ordnung.«, sagte er langsam.

Es schmeckte, als hätte er einen Aschenbecher im Mund. Seine Stimme klang verschlafen, vielleicht sogar betrunken.

»Na dann bin ich beruhigt.«, lächelte der Mann. »Ich muss Sie nur darauf hinweisen, dass wir in zwanzig Minuten schließen. Vielleicht begeben Sie sich langsam zum Ausgang...«, sagte er mit äußerster Freundlichkeit.

Er setzte den Karren quietschend in Gang und stapfte langsam davon.

»...in Ordnung.«, würgte ihm Adam noch hinterher. Wohl zu leise, als dass er es gehört haben könnte. Wo war Adam?

Er probierte, einen klaren Gedanken zu fassen. Er schüttelte sein linkes Handgelenk, aber die Rolex kam nicht zum Vorschein. Sein Arm schmerzte. Das Display seines Mobiltelefons war gesprungen. Adam nahm es emotionslos hin. Es war kurz nach Sieben. Was war hier los?

Adam beugte sich vor und richtete seine Brille. Auch eines der Brillengläser hatte einen großen Sprung. Aber wenn er das Gestell ganz auf die Nase schob, behinderte das kaputte Gals seine Sicht fast gar nicht. Es wurde schon langsam dunkel und ihm war kalt. Sein Kopf tat weh. Sein ganzer Körper tat weh und seinen Hals konnte er kaum bewegen. Mit langsamen Bewegungen probierte er, die Muskeln zu lockern. Da war noch mehr Blut auf dem weißen Stoff und eine Seite des Hemdes war aus der Hose gerutscht und hing nun zerknittert darüber. Der ganze Anzug war fürchterlich zerknittert. Mit seiner linken Hand befühlte Adam getrocknetes Blut auf seiner Unterlippe. Auch der Schnitt auf seiner Wange musste wieder aufgebrochen sein.

Hohe, eigenartige Bäume rankten sich um ihn in den Himmel. Von irgendwo hörte er andere Menschen, Kinder. Aber sie schienen weit entfernt zu sein. Zwischen seinen Beinen bemerkte Adam plötzlich einen Gegenstand. Papier. Eine große, braune Papiertüte. Sie war zerknautscht und schon arg in Mitleidenschaft gezogen. Etwas Großes, Schweres befand sich darin. Er wollte sie gerade öffnen und nachsehen, als er erschrocken wieder aufblickte. Jemand beobachtete ihn.

Langsam ließ Adam seinen Blick schweifen. Seltsame Gräser und Büsche umgaben ihn. Er erkannte ein hohes Gitter. Eine Art Zaun. Absperrungen. Es roch seltsam. Irgendwo schrien Vögel und …waren das Affen? Und doch kam ihm alles irgendwie vertraut vor. Gerade wollte Adam aufstehen, seinen Blickwinkel ändern und die Benommenheit abschütteln, da erkannte er, wessen Interesse er geweckt hatte. Ungeniert starrte ihn sein Beobachter an. Mit seinen großen, braunen Augen hockte er einfach da und überwachte jeden Schritt. Wie lange er schon so dasaß, konnte Adam nicht sagen. Und trotz seiner auffälligen Erscheinung war er in seiner Umgebung perfekt getarnt und nicht leicht auszumachen.

Als Adam sein Gegenüber erkannte, fiel es ihm wie Schuppen von den Augen. Jetzt wusste er, wo er war. Jetzt wusste er wieder, was er hier wollte. Die Umstände seines Blackouts hätten Adam wahrscheinlich wundern oder schockieren müssen. Aber sie taten es nicht mehr. Wie hypnotisiert stand er auf und tat ein paar Schritte vorwärts, um seinen Beobachter besser sehen zu können.

Der Gepard sah ihm wie in Trance zu und bewegte sich nicht vom Fleck. Alles viel Adam wieder ein. Er war im Tierpark. Er war in den letzten Wochen öfter hier gewesen. Bewusst hier gewesen und hatte auf der grünen Parkbank gesessen. Sie kannten ihn hier schon, Sheela aus dem kleinen Kassenhäuschen. Ironischerweise erinnerte sie Adam tatsächlich ein bisschen an ihre Namensvetterin Sheela Shy – bis auf die riesigen Silikonbrüste.

Die lokalen Medien hatten darüber berichtet, dass einer der beiden Leoparden krank geworden und kurz darauf gestorben war. Deshalb wurde beschlossen, den zweiten Leoparden in einen benachbarten Tierpark abzugeben, welcher bereits einige dieser Wildkatzen beheimatete. Im Gegenzug bekamen sie dann den Geparden, der bisher nirgendwo gerecht untergebracht werden konnte. Hier hatte er nun ein großes Gehege, ganz für sich. Allein. Aber auch das *größte* Gefängnis bleibt ein Gefängnis. Sie planten, im Laufe der nächsten Jahre noch einen weiblichen Gepard zu bekommen. Bis dahin wäre das Männchen aber für sich. Das Besondere an dem Tier war, dass er nicht in Gefangenschaft geboren wurde. Und dies alles verschaffte ihm seine zweifelhafte Berühmtheit. Es hatte eine lächerliche Willkommensparty gegeben, um die Geldmaschinerie in Gang zu setzen. Mit Ballons, Zuckerwatte, Mützen in Geparden-Fell-Optik mit kleinen Ohren und weiterem Müll. Der Gepard hatte solche Angst vor dem Trubel, dass er gewaltsam aus seinem Schlupfwinkel gescheucht werden musste und der johlenden Menschenmenge dargeboten wurde. Während die sich gegen die Absperrung drückten, ihre Kinder in die Höhe hielten und ihre Kameras aufblitzten wie Gewehrfeuer, rannte der Gepard in Panik auf und ab.

Ebenso groß wie der Ansturm in den ersten Tagen war, wich das Interesse auch wieder. Und nach einem Monat hatte man den Geparden schon fast wieder vergessen. Adam nicht.

Er war schon immer von diesen Raubkatzen fasziniert. Wie nahe ihm die ganze Sache aber tatsächlich ging registrierte er erst, als er ihn das erste Mal leibhaftig vor sich hatte. Aus Dokumentationen hatte er alles über diese Geschöpfe gelernt. Eigentlich hatte er von Tierdokumentationen genug, aber wenn er Geparden im Fernsehen sah, musste er immer dranbleiben. Ehrfurcht, Faszination, Sehnsucht.

Ihn faszinierte, dass die Gattung von sich behaupten konnte, das schnellste Landraubtier der Welt zu sein. Wer oder was konnte sonst diskussionslos von sich behaupten, in einer Sache am besten zu sein? Beim Geparden war es ohne Zweifel bewiesen. Das schnellste Lebewesen der Welt. Über einhundert Stundenkilometer schnell. Unglaublich. Dieser Antritt. Ehrfurcht gebietend. Ein wunderschöner, perfekter Körper. Schlank, aber durch und durch muskulös. Durch die Evolution für seine Sache perfektioniert. Ein Raubtier, dass es nicht nötig hatte, sich in Dreck gebeugt und hinterlistig anzuschleichen. Es stand seinen Opfern erhobenen Hauptes, Auge in Auge gegenüber und konnte sie mit den ihm gegebenen Kräften erlegen. Alleine, nicht auf die Hilfe anderer angewiesen. Zwar anderen Landraubtieren wie Löwen oder Hyänen kräftemäßig unterlegen, aber diese hätten nie den Hauch einer Chance, sich einem Gepard gefährlich zu nähern. Es sei denn, sie überlisten ihn hinterhältig im Schlaf, wie Verbrecher. Armselig. Mochte der Löwe auch der König unter den Tieren sein – scheiß Aasfresser –, für Adam gab es nichts Bewundernswerteres als einen Gepard.

Eine Sünde, ein solches Wesen in einen Käfig zu sperren. Ein Wesen, das von seiner Agilität und Bewegung lebte.

Adam hatte inzwischen die erste Absperrung, das Geländer, erreicht. Zwischen der Stange und dem Gitter des Käfigs lag ein circa zwei Meter breiter und ein Meter tiefer Graben. Er sollte Kinder und Hunde davon abhalten, bis zum Käfig heranzutreten. Vor allem, wer ging schon mit einem Hund in den Zoo? Was erwarteten diese Menschen denn, wie das arme Tier reagierte? Bei all den Gerüchen und Lauten? Der Graben wurde allerdings von den Besuchern eher als Mülleimer benutzt. An seinen Rändern sammelten sich weggeworfene Tüten und Verpackungen, Essensreste und sonstiger Dreck.

Weitere zwei Meter hinter dem Gitter saß der Gepard in seinem Käfig. Er saß Adam direkt gegenüber und blickte ihn irgendwie vertraut an, mit den großen, braunen Augen. Adam war so oft hier gewesen, keine Ahnung, ob das möglich war, aber er hätte gesagt, sie kannten sich mittlerweile. Die Katze tat Adam unendlich leid. Dass sie ihr Dasein so fristen musste. Gefangen. Alleine. Zweifelsohne wurde das Tier gut behandelt. Er wurde gut und reichlich versorgt und das Gehege war groß und extra ausgebaut worden. Aber was ist es für ein Leben, im goldenen Käfig gefangen zu sein? Durch die Gitterstäbe blickte er die Raubkatze an, wie in einem Gefängnis. Und ebenso blickte sie ihm, durch die dicken Metallstreben entgegen, als wäre Adam selbst ein Gefangener.

Die Tränenmusterung im Gesicht der Katze wirkten als würde sie tatsächlich unerlässlich über ihr Schicksal weinen. Die schwarzen Streifen führten von den Augen bis zu den Mundwinkeln. Adam hatte manchmal das Gefühl bei dem Anblick selbst weinen zu müssen, aber er konnte nicht.

Von irgendwo hörte man wieder Vögel schreien. Der Gepard wendete sich ihnen gelangweilt zu. Alles was er tat, schien er nur noch apathisch auszuführen. Adam fühlte sich in seiner Nähe irgendwie wohl, irgendwie verstanden. Es tat ihm gut, bei ihm zu sein.

Plötzlich war Adam wieder klar, was sich in der braunen Papiertüte versteckte. Auch er wendete sich kurz von dem Gepard ab und tat die paar Meter zurück zur Bank, auf welcher er eben noch gesessen hatte. Die Katze erhob sich, als wollte sie nicht alleine gelassen werden und blickte ihm nach. Adam hob die Tüte mit einer Hand an. Sie war viel schwerer, als er in Erinnerung hatte. Er griff mit der anderen Hand hinein und holte den großen, metallenen Bolzenschneider heraus. Er war schwarz lackiert und hatte ebenso schwarze Griffe aus irgendeiner Art Gummi. Das Werkzeug war gut einen halben Meter lang, schätze Adam, und sagenhaft schwer. Die leere Tüte steckte er zusammengeknüllt in den grün gestrichenen Mülleimer neben der ebenso grünen Bank. Adam sah sich kurz um. Aber er war allein. Im hinteren Teil des Tierparks war der Betrieb schon total abgeebbt. Weit und breit war kein anderer Mensch mehr zu sehen und nur noch vereinzelt waren Kinderlaute in der Ferne zu vernehmen. Adam hielt den Bolzenschneider eng am Körper und ging zurück zu der Absperrung um das Gehege. Der Gepard stand nun aufrecht, auf allen Vieren, und beobachtete neugierig, was Adam tat. Als wäre ihm bewusst, dass gleich etwas passieren würde. Irgendwo ertönte ein Gong aus einem der Lautsprecher, der die Besucher endgültig zum Gehen aufforderte. Die Vögel schrien.

Noch ein paar Augenblicke standen sie sich einfach gegenüber. Adam betrachtete den Gepard und sein geflecktes Fell. Es sah aus wie gemalt. Er vergewisserte sich noch einmal, dass er auch wirklich alleine war, und lauschte aufmerksam, ob er von irgendwo noch etwas hörte. Dann stieg Adam in den Graben. Er beugte sich unter dem Geländer hindurch und sprang in die ein Meter tiefe Grube. Der Gepard zuckte, aufgrund der hastigen Bewegung, erschrocken zurück. Tat dann aber sogleich wieder ein paar Schritte vorwärts, um Adam weiter beobachten zu können, der aus seinem Blickwinkel verschwunden war. Adam duckte sich. Er hatte gedacht, dass sein Adrenalin nur so in die Höhe schnellen würde, aber nun war er völlig cool und ruhig. Nichts konnte ihm mehr passieren, niemand konnte ihm mehr etwas anhaben. Obwohl er noch gar nicht wusste, ob sein Plan auch funktionieren würde, machte er sich mit schnellen Schritten auf den Weg, immer noch geduckt. Er bewegte sich den Graben entlang nach links um den Käfig herum. Adam wusste, dass auf dieser Seite eine Tür im Gitter war, durch welche die Wärter das Gehege schnell betreten konnten. Für diese Zwecke hatten sie eine Art mobile Brücke, mit der sie über den Graben kamen. Adam würde ohne dieses Hilfsmittel zurechtkommen müssen. Der Bolzenschneider lag schwer in seiner Hand. Er erreichte das Tor am linken Ende des Käfigs. Mit Zufriedenheit stellte er fest, dass diese Seite des Geheges schon fast komplett der Dämmerung erlegen war. Die Tür war aus anderer Beschaffenheit als der Rest des Käfigs. Der bestand aus dicken, schweren Metallstangen, die senkrecht verliefen und durch zwei ebenso dicke Querstriemen der Länge nach gedrittelt wurden. Dies ermöglichte eine so gut wie freie Sicht auf das Gehege. Die Tür allerdings setzte sich ihrerseits aus vielen kleineren Metallstriemen zusammen. Die waagerechten und senkrechten Stäbe bildeten viele kleine quadratische Löcher. Um das Ganze stabiler, sicherer zu machen, war das ganze Konstrukt direkt dahinter noch einmal angebracht, so versetzt, dass die Zwischenräume der einzelnen Metallstäbe möglichst klein waren. Ein Gitter hinter dem Gitter. Adam betrachtete es noch einmal genau und machte sich ein Bild seiner Vorgehensweise. Immer unter Beobachtung der Raubkatze. Adam interpretierte es irgendwie als freudige Erwartung. Das untere Ende des Tors lag Adam nun auf Brusthöhe, wie er da im Graben stand. Noch einmal blickte er sich um. Es war weit und breit niemand zu sehen oder zu hören. Er zog die Schenkel des Bolzenschneiders auseinander. Die schwarzen Scheren öffneten sich geräuschlos. Adam setzte das Werkzeug am Ende eines senkrechten Striemens an. Er atmete einmal tief durch. Dann presste er mit seiner gesamten Kraft die Schenkel des Bolzenscheiders wieder zusammen. Es gab einen lauten, metallischen Knall, als der Stab an der Schnittstelle durchbrach. In einem entfernten Gehege schrien wieder einige Vögel. Adam war selbst etwas überrascht, erschrocken über seinen erbrachten Erfolg. Es war einfacher, als er gedacht hatte. Der Gepard war erschrocken zurückgewichen, nur um gleich wieder neugierig hervor zu lugen. Adam versuchte mit einer Hand den gesprungenen Stab zur Seite zu biegen, aber er war zu stabil und die Hebelwirkung noch nicht groß genug. Schnell setzte Adam den Schneider am nächsten Stab wieder an. Wieder dieses laute, metallische Klirren. Wieder schreiende Tiere irgendwo. Adam hielt inne. Er erfasste die Situation noch einmal und ließ seinen Plan erneut in seinem Kopf ablaufen. Es waren gut zwölf senkrechte Stäbe, genauso viele Waagerechte. Dahinter erwartete ihn das gleiche Konstrukt noch einmal. Es würde zu lange dauern. Er würde es nicht schaffen.

Enttäuscht tat Adam einen Schritt zurück und lehnte an die Grabenmauer hinter sich. Er betrachtete das Tor. Welche andere Möglichkeit gab es? Sollte es das tatsächlich gewesen sein? Adam suchte mit seinen Augen die des Gepards. Dieser hatte sich zwar etwas zurückgezogen, beobachtete das Geschehen aber genau aus seinem Schlupfwinkel. Sie blickten sich an.

Enttäuschung stieg in Adam auf. Wut. Nein, er würde jetzt nicht aufgeben. Keine halben Sachen mehr. Es gab nichts mehr zu verlieren und keinen Grund hier nachgiebig zu sein. Angetrieben durch die Wut, setzte er das Werkzeug wieder an. Und wieder. Und wieder. Wie im Wahn verrichtete er sein Werk und zerbrach eine Gitterstange nach der anderen. Seine Hände wurden nach und nach zu verkrampften, pochenden Klumpen. Ein durchgebrochener Metallstriemen hatte in an der Hand getroffen und eine blutende Wunde hinterlassen. Das Fleisch war so taub, dass er es gar nicht spürte. Mit der Zeit kostete es immer mehr Kraft und Adam musste eine Pause einlegen. Er konnte seine Hände kaum mehr öffnen, um den Bolzenschneider loszulassen. Langsam bewegte er sie auf und zu, um das Blut wieder zirkulieren zu lassen. Er hatte schon mehr als die Hälfte der Stangen des ersten Gitters durchtrennt. Er ließ das Werkzeug zu Boden sinken. Laut kam es auf dem Beton an. Adam griff das Gitter mit beiden Händen und bog es mit aller Kraft zurück. Und tatsächlich! Die Hebelwirkung war groß genug und er konnte es so weit verformen, dass fast ein halber Meter frei wurde. Euphorisch griff Adam wieder nach dem Werkzeug und machte sich daran, das nun freigelegte, hintere Gitter zu zerstören. Es ging immer beschwerlicher und langsamer voran. Jeder Stab kam Adam dicker vor als der vorherige. Ihm blieb immer weniger Kraft, er musste mehrere kurze Pausen einlegen und das schwere Werkzeug öfter erneut ansetzen. Aber letztendlich war er der Meinung, dass es nun reichen musste. Wieder ließ er den Bolzenschneider zu Boden sinken. Es waren diesmal weniger zertrennte Stangen als beim ersten Gitter, aber es musste einfach reichen. Mit all seiner verbliebenen Kraft versuchte Adam das Metallgeflecht nach innen zu drücken und stemmte sich mit seinem ganzen Gewicht dagegen. Es bewegte sich schwer und nur wenig. Adam ließ ab, hob sein rechtes Bein und platzierte es auf der Metallfläche. Um besseren Halt zu haben, hielt er sich am verkrümmten ersten Gitter fest. Er kämpfte mit aller Kraft gegen den Widerstand an. Es funktionierte! Es entstand eine breite, freie Lücke. Adam befand es noch nicht für ausreichend und trat einige Male kräftig gegen das deformierte Metall. Es schepperte nur so bei jedem Tritt. Er schaffte einen fast ellenbreiten Spalt. Erschöpft ließ Adam endlich ab, wich zurück und betrachtete glücklich sein vollbrachtes Werk. Er sah zu dem Gepard, der sicher aus seinem Versteck beobachtete, was passierte. Eigentlich hatte Adam sich vorgestellt selbst in den Käfig zu klettern, aber das Loch war für ihn wohl zu klein. Der Gepard konnte es allerdings schaffen.

»Komm, Junge!«, rief Adam dem Tier zu.

Der Gepard war auf ein Felsenimitat gesprungen und betrachtete unsicher von dort das Szenario.

»Na los!«, rief Adam und lief im Graben nach rechts, auf die andere Seite, um näher bei dem Raubtier zu sein. »Los, verschwinde! Du bist frei!«, er stand nun im Rücken der Katze.

Diese blickte sich einmal zu ihm um, visierte dann wieder den Weg ins Freie. Und tatsächlich erhob sie sich. Adam hatte sie weder in Aufregung versetzt, noch in die Enge getrieben. Sie sprang leichtfüßig und lautlos von dem Felsen und stapfte einfach los, als verstand sie, worum es ging und was Adam von ihr wollte. Unmittelbar vor dem Tor hielt sie noch einmal kurz inne, doch dann durchschritt sie vorsichtig die Öffnung. Mit einem Satz war sie im Graben und mit einem weiteren Satz wieder hinaus. Adam, der ihre ästhetischen Bewegungen wie hypnotisiert betrachtet hatte, tat es ihr hektisch und ungeschickt nach. Er hatte es tatsächlich geschafft. Er war so froh, dass er dem Tier nun hier im Freien gegenüberstand. Es war unglaublich, fast unwirklich. Der Gepard trabte etwas hin und her und schien sich zu orientieren. Schien die Lethargie abzuschütteln. Er blieb stehen und sah seinen Befreier an. Wie bei einem Duell im wilden Westen, standen sie sich in ein paar Metern Entfernung gegenüber. Dann kam er langsam auf Adam zu. Schritt für Schritt kam er immer näher. Als er ihn fast erreicht hatte, merkte Adam, dass er nicht direkt auf ihn zukam, sondern in passieren würde. Und tatsächlich, nur wenige Zentimeter ging der Gepard an ihm vorüber. Vorsichtig, als wollte er die Katze nicht verschrecken, streckte er langsam seine Hand nach ihr aus. Er berührte ihr Fell, ihren Körper, und spürte mit seinen Fingerspitzen die Muskeln unter der Haut. Bereitwillig, beinahe belohnend lies der Gepard es geschehen. Fast wie zum Dank, schien er sogar absichtlich noch Adams Bein, im Vorübergehen mit dem Schwanz zu umschlingen. Adam drehte sich um und blickte ihm nach. Und auch der Gepard hielt einige Meter entfernt noch einmal inne und drehte seinen Kopf zu Adam um. Dann sprang er grazil und lautlos davon und verschwand in der mittlerweile vorherrschenden Dunkelheit. Adam stand einfach nur da. Erlösung. Er schmeckte Salz. Freudentränen.

»Was machen *Sie* denn noch hier!? Haben Sie denn den Gong nicht gehört!?«, es war Albert Einstein. »Jetzt aber schnell. Das Haupttor ist schon geschlossen.«, energisch kam er auf Adam zu.

»Oh, das tut mir leid. Ich habe mir noch den Gepard angesehen.«, Adam log ja nicht mal.

Er wirkte vollkommen ruhig und erlöst. Der zornige Blick verschwand sofort wieder aus dem Gesicht des Mannes.

»Ein wunderschönes Tier, nicht wahr? Eigentlich zu schön um es einzusperren…«, er geleitete Adam zu einem der Seitenausgänge.

Dieser lächelte bloß. Mit einem braunen, großen Schlüssel von seinem klimpernden Schlüsselbund, öffnete der Mann die Tür.

»So, da wären wir... Wenn Sie wollen, kommen Sie doch einfach morgen wieder.«

»Da kann ich leider nicht.«, antwortete Adam emotionslos.

»Na ja, oder einfach ein anderes Mal.«, der Wärter wollte die Tür wieder schließen, Adam war bereits auf den Parkplatz getreten.

»Sind Sie mit dem Wagen da, oder soll ich ihnen ein Taxi rufen?«, fragte der Mann durch das vergitterte Tor.

»Nein, schon in Ordnung...«, Adam ließ seinen Blick langsam schweifen.

»...er muss hier irgendwo sein...«

20:13

Als Adam den Gehsteig entlang schritt, nahm er keine Notiz davon, dass in seinem Rücken, am anderen Ende der Straße, heller Aufruhr herrschte. Blaulicht flackerte auf und ab, eine Menschentraube hatte sich gebildet und die Polizei versuchte, den Mob in Schach zu halten. Die Beamten hatten alles mit gelben Bändern abgesperrt, vernahm Zeugen und probierte den Tathergang nachzustellen. Die Feuerwehr musste ein Feuer löschen, es stieg immer noch grauer Rauch auf.

Irgendein Wahnsinniger hatte anscheinend die Kontrolle über seinen Wagen verloren und war in parkende Fahrzeuge geschleudert. Mit solcher Wucht, dass sie in die Auslage und das Schaufenster eines kleinen Ladens gedrückt wurden. Das Geschäft war vollkommen verwüstet. Wie durch ein Wunder wurde niemand schwerer verletzt. Der Ladeninhaber konnte sich im letzten Moment noch retten. Passanten waren noch rechtzeitig zur Seite gesprungen. Die

Wagen hatten allerdings alle Totalschäden. Aber der Fremde war einfach ausgestiegen, eine Papiertüte unterm Arm, und war gegangen. Schicker, schwarzer Anzug. Der Wagen war ein roter Ferrari.

Adam hatte sein Auto nicht gefunden. Es berührte ihn nicht im Geringsten. Er rauchte eine Zigarette und lief wie auf Wolken. In seinen Händen pulsierte immer noch das Blut vom Zerschneiden der Gitterstangen. Sie zitterten. Schaulustige liefen eilig an ihm vorbei, in die entgegengesetzte Richtung, zum Ort des Unfallgeschehens. Adam ging langsam und wie in Trance seinen Weg. An einem kleinen Büdchen, einem Kiosk, machte er Halt und bestellte bei der älteren Dame einen schwarzen Kaffee.

»Da werden Sie aber nicht gut schlafen können...«, bemerkte sie freundlich beim Einschütten.

»Das kann ich so wie so nicht...«, lächelte Adam sie an.

Die Dame drückte einen Plastikdeckel auf den Becher und stellte ihn auf der Theke ab.

»Wissen Sie, was da hinten passiert ist?«, fragte sie neugierig, den Kopf weit aus ihrem Kiosk gestreckt. So sah sie aus wie eine Galapagos-Schildkröte.

»Nein...«, Adam antwortete uninteressiert und legte ihr einen Zwanziger hin.

Als sie sich ihm wieder mit dem Wechselgeld zuwendete, war er schon gute fünf Meter weitergegangen. Sie rief ihm noch irgendwas hinterher.

Der Kaffee schmeckte grausam. Überhaupt nicht wie Kaffee. Was war denn daran so schwer, einen vernünftigen Kaffee zu machen? Der Becher landete in der nächsten

Tonne. Adam erreichte eine U-Bahn-Station und nahm die Stufen hinab. Einem zerlumpten Bettler, am Fuße der Treppe, warf er einen zerknüllten Schein hin, unwissentlich, um wie viel es sich handelte. Dessen ungläubiges Staunen bekam er nicht mehr mit.

Adam zog sich an einem der grauen Automaten ein Ticket zurück ins Stadtzentrum. Dann stand er mit den Händen in den Hosentaschen gedankenversunken am Gleis und wartete auf die nächste U-Bahn. Um ihn herum herrschte reger Betrieb und hektisches Treiben. Und jetzt?

Was jetzt? Adam dachte nach. Das war es eigentlich gewesen. Alles, was er sich für heute vorgenommen hatte, hatte er mehr oder weniger erledigt. Adam fühlte sich leicht und befreit. Er fühlte sich tatsächlich wie ein neuer Mensch. Er dachte noch einmal daran, wie Schmidt ihn wieder mal versetzt hatte, und dass Adam es in Wirklichkeit die ganze Zeit ohnehin gewusst hatte. Er dachte an Walther, und ob er ihn vielleicht kurz mal anrufen sollte, ließ es dann aber bleiben. Was sollte er nun mit diesem angebrochenen Abend machen? Wie spät war es?

Die Bahn trudelte ein und kam langsam quietschend zum Stehen. Ein Mob von Menschen, inklusive ihm, wartete auf die aufgleitenden Türen. Von ihm unbemerkt, wurde Adam von vielen aus dem Verborgenen beäugt. Sie warfen verstohlene, schüchterne Blicke in seine Richtung. Er sah nicht mehr wirklich – na ja – frisch aus. Der Anzug hatte stark gelitten und schien gar nicht mehr richtig zu sitzen. Er war dreckig, der Stoff teilweise beschädigt. Die schmutzige Krawatte baumelte unmotiviert um seinen Hals. Sein

Hemd, das ihm halb aus der Hose hing, war mit roten Flecken besudelt, offensichtlich Blut. Es musste von seiner aufgeplatzten Lippe und dem Schnitt in seinem Gesicht stammen. Eine weitere Wunde auf seiner Hand. Ein Brillenglas war gesprungen und seine Haare waren irgendwie windschief.

Adam steuerte einen freien Sitz in dem Bahnwaggon an und ließ sich erschöpft nieder. Ein Mann, offensichtlich geschäftlich unterwegs, wollte sich gerade auf den Platz daneben setzen, aber als er Adam so sah, entschied er sich, doch lieber stehen zu bleiben. In dem Waggon gab es wieder verstohlene Blicke, aber Adam nahm sie gar nicht war. Sie interessierten ihn nicht. Er betrachtete die anderen Passagiere. Viele von ihnen kamen anscheinend noch von der Arbeit, oder fuhren gerade zur Spätschicht oder was auch immer. Er bemerkte ein paar Jungs, die offensichtlich über ihn kicherten. Eine ältere Dame strickte gedankenversunken. Irgendjemand hörte Hip-Hop, was man auch leise außerhalb der Kopfhörer hören konnte. Viele Teenager und Personen seines Alters waren wahrscheinlich gerade unterwegs in die City. Zu irgendwelchen Partys, oder einfach in die Stadt, in einem der Lokale oder Clubs etwas trinken. Weiter vorne lachten ein paar junge Frauen über etwas. Ihren Aufzügen zu urteilen definitiv auf dem Weg zu einer Party. Vielleicht im Unique? Das hübsche Mädchen im gegenüber lächelte kurz und nett, als sich ihre Blicke trafen. Sie erinnerte Adam ein bisschen an Brittney Butt – bis auf die riesigen Silikonbrüste.

Jahrelang hatte Adam immer die Bahn ins Büro genommen. Wie er es gehasst hatte. An gefühlt jedem kalten, regnerischen Morgen zur Station zu gehen und auf die Bahn zu warten. Mit hunderten anderen Menschen auf der Plattform stehen. Dann immer hoffend, dass nichts Unvorhergesehenes passierte, dass alles glatt lief und die Bahn auch wirklich pünktlich kam. Gefühlt an jedem Tag verpasste Adam seinen Anschluss und musste auf die nächste Verbindung warten. Obwohl er gerannt war. Gerannt wie ein Bekloppter. Jeden Tag. Nach der Arbeit liebte er es ganz besonders, seine Zeit auf irgendwelchen schmuddeligen Bahnsteigen im Nirgendwo zu verbringen, weil er wieder einen Zug verpasst hatte. Und dann war man immer mit hunderten lauten, aufgeregten Menschen in diese Waggons gepfercht, wie stinkende Sardinen in einer Büchse. Wie tote Fische. Manchmal blieb so ein Zug einfach für mehrere Minuten mitten auf der Strecke stehen. Kommentarlos. Keiner wusste warum, auch wenn es wahrscheinlich einen guten Grund gab, mitgeteilt wurde einem Nichts. Und dann stand man da zwischen den anderen Sardinen. Wie Schweine, die zu einem Schlachthof gekarrt wurden.

Und das Beste war, während Adam in einem dieser Viehtransporter stand, um von A nach B zu kommen, fuhr in der Gegenrichtung ein Zug von B nach A. Ebenfalls vollgestopft mit hunderten von arbeitswütigen, nervösen Menschen. Jeden Tag fuhren Millionen und Abermillionen von Menschen kreuz und quer durchs ganze Land, in diesen alten, verschimmelten Waggons. Warum konnte nicht einfach jeder dableiben, wo er war?

Nach einigen Haltestellen erreichte die U-Bahn Adams Ziel, das Stadtzentrum. Mit ein paar Büromenschen und einer Vielzahl an partywütigen Kids, verließ er die Station und wartete geduldig, dass die lange Rolltreppe ihn wieder an der Oberfläche ausspuckte. Es war Nacht geworden. Leuchtreklamen und die Scheinwerfer des stockenden Verkehrs tauchten alles in unnatürliches Licht. Alle schienen auf dem Weg irgendwo hin zu sein, schienen irgendwas vorzuhaben, nur Adam nicht. Alle Passanten und Fußgänger waren in Grüppchen unterwegs, oder schienen wenigstens einen Partner zu haben, nur Adam zog alleine umher. Es hatte sich abgekühlt und er atmete die kalte Luft tief ein, als er ziellos durch das bunte, hektische Treiben wanderte.

Er hatte sich noch nicht weit vom Bahnhof entfernt, da viel ihm ein kleiner Pub ins Auge. Er war schon oft daran vorbeigegangen, hatte ihn aber noch nie betreten. Durch die bernsteinfarbenen, angelaufenen Fenster konnte man von außen meistens die Silhouetten von breiten, alten Männern erkennen, wie sie da auf den Barhockern an der Theke saßen. Es war eher kein Pub, der das junge Volk anzog. Adam hätte die Stammgäste eher auf ein Alter von fünfzig aufwärts geschätzt.

Als er den gemütlichen, holzvertäfelten Raum betrat, schien Adam der einzige Gast zu sein. Nur ganz am anderen Ende des Tresens saß noch einer von diesen alten Brummbären, die hier normalerweise verkehrten. Leise dudelte Countrymusik. Adam setzte sich auf den nächstgelegenen Barhocker. Die junge Frau hinter der Theke bemerkte ihn, als sie gerade noch ein Glas polierte. Adam schätze sie ungefähr auf das gleiche Alter.

»Nen' harten Tag gehabt?«, fragte sie freundlich, immer noch Glas und Lappen in der Hand.

Und zum ersten Mal sah sich Adam bewusst im Spiegel. In der verspiegelten Wand hinter dem Tresen, zwischen all den Gläsern und Alkoholflaschen, sah er sich im schummrigen Licht. Eine zerschundene Erscheinung blickte ihm, eingerahmt von Whisky und Wodka entgegen. Adam sah aus, als würde er zu einer Halloweenparty gehen. Als wäre er verprügelt worden. Als hätte er einen Verkehrsunfall gehabt. Wie in Zeitlupe ging er sich mit der Hand durchs Haar und versuchte das Gestrüpp wieder irgendwie zu bändigen. Dann schaute er an sich herab und probierte sein heraushängendes Hemd wieder in seine Hose zu stopfen.

»Nein, …eigentlich nicht. War eigentlich ein sehr schöner Tag.«, erwiderte er und lächelte sie an. Seine Lippe tat weh.

»Dann ist ja gut. Was kann ich dir denn bringen?«

»Ich nehm ein Bier und einen Wodka.«

Nachdem sie Adam über die vorrätigen Sorten aufgeklärt hatte, entschied er sich wieder für den teuersten Wodka der Auswahl. Sie zapfte ihm zusätzlich das Bier und stellte die Gläser lächelnd vor ihm ab.

Sie war blond und für irgendjemanden wäre sie bestimmt hübsch gewesen. Sie hatte ein Piercing, rechts über ihrer Oberlippe an der Stelle, wo sich manche Frauen einen Schönheitsfleck aufmalen. Sie erinnerte Adam ein bisschen an Sahara Say – bis auf die riesigen Silikonbrüste. Aber auch die blonde Kellnerin hatte einen beachtlichen Vorbau und die obersten Knöpfe ihrer Bluse gaben einen anreizenden Blick preis. Adam stellte sich vor, dass sie mit Sicherheit immer ein ordentliches Trinkgeld von den alten Säcken hier abfischte, wenn sie die Drinks über die Theke gebeugt servierte. Aber warum auch nicht?

»So... hier, bitte.«, sie platzierte die Getränke auf zwei Bierdeckeln.

»Danke. Ich heiße übrigens Adam.«

»Cindy, freut mich.«, sie reichte ihm die Hand.

»Und Cindy, trinkst du einen mit?«

Nach einem kurzen Moment ging sie langsam, mit hochgezogenen Mundwinkeln, zurück zur Wodkaflasche und füllte ein zweites Shot-Glas. Dabei ließ sie ihren Blick nicht von Adam ab. Sie bewegte sich irgendwie lasziv, ihrem Alter nicht entsprechend, befand er. Aber wahrscheinlich hatte sie auch das in ihrem Job gelernt, um einfach noch mehr Trinkgeld für sich rauszuschlagen.

»Cheers!«, die kleinen Gläser knallten aneinander und wurden mit einem Zug geleert.

»Mach uns doch gleich noch zwei und was immer der Kollege da hinten haben will.« Adam deutete auf den schwerfälligen Mann in der anderen Ecke.

Nach kurzer Rücksprache mit dem weiteren Gast bereitete Cindy die Drinks vor.

»Was gibt's denn zu feiern?«, fragte sie, die Flasche noch in der Hand.

»Eigentlich nichts. War einfach ein schöner Tag.«

Cindy servierte lächelnd die drei Drinks.

»Cheers!«, wieder knallten die Shot-Gläser aneinander. Der Mann am anderen Ende der Bar prostete Adam kommentarlos aus der Ferne zu.

»Und Cindy? Was verschlägt ein hübsches Mädchen wie dich in so einen Pub?«

Adam flirtete. Er flirtete tatsächlich. Aber ganz unbewusst, es kam ganz natürlich aus ihm heraus. Er hatte es nie gemocht, er hatte es immer als erzwungen empfunden, jemanden von sich überzeugen zu wollen. Und jetzt nicht mehr. Jetzt war es weg, es war ihm egal und er plapperte einfach drauf los. Auch ohne schmutzige Hintergedanken. Er fühlte sich einfach befreit und war jetzt richtig gut drauf. Er hatte nichts zu verlieren und keine Sorge irgendwas falsch zu machen.

»Och, irgendwie muss die Kohle ja reinkommen. Und die Gäste hier sind eigentlich immer freundlich und behandeln einen wenigstens mit Respekt…«

Adam hörte ihr nickend zu. Nach einer Weile kramte er sein Mobiltelefon hervor und warf einen Blick darauf. Ein verpasster Anruf von Schmidt, sonst nichts. Seine Firma hatte wohl aufgegeben, ihn zu erreichen. Adam fragte sich, was wohl die nächsten Schritte wären, in einem solchen Fall, wie sein Chef ihn heute erlebt haben musste. Kanzleien? Anwälte? Vielleicht sogar die Polizei. Ob schon ein Schreiben in seinem Briefkasten liegen würde, oder ob vielleicht die Hüter des Gesetzes vor seiner Haustür auf ihn warteten? Nach einem kurzen Moment fragte er dann:

»Sag mal, kann ich hier rauchen?«

Cindy antwortete nicht. Triumphierend lächelnd, steckte sie sich einfach selbst eine Zigarette an. Adam suchte sein Päckchen in seinen Taschen. Er beförderte es, zusammen mit einem glänzenden, schwarzen Stück Papier auf den Tresen. Als er sich gerade einen der Stängel in den Mund gesteckt hatte, wartete Cindy bereits mit ihrem brennenden Feuerzeug.

»Danke.«, lächelte Adam und stieß Rauch aus seiner Nase.

Dann entfaltete er den schwarzen Flyer und betrachtete ihn für eine Weile.

»Ist das dieses Industrial-Festival heute in der alten Fabrik?«, wollte Cindy wissen.

»Ja.«, er blies Rauch aus und nahm seinen Blick nicht von dem Papier in seiner Hand.

»Und? Gehst du da hin?«

»Ich denke schon…«, antwortete Adam. »…warum eigentlich nicht. Willst du nicht vielleicht mitkommen?«

»Ich kann leider nicht. Ich muss die ganze Nacht hier sein…«, sie klang ehrlich enttäuscht.

»Schade…«

Cindy schien kurz zu überlegen, bevor sie sagte:

»Aber morgen muss ich nur bis zehn. Wenn du Lust hast, kannst du mich hier abholen, und wir gehen wo anders noch was trinken.«

Adam lächelte.

»Pass auf,«, sie nahm einen von den Bierdeckeln »ich schreib dir mal meine Nummer auf. Dann kannst du dich einfach melden, wenn es bei dir passt…«

Sie überreichte ihm den Karton mit einem freundlichen Augenzwinkern. Adam betrachtete ihn. Sie hatte ihren Namen dazugeschrieben, als würde Adam einen Haufen anderer Bierdeckel mit Telefonnummern mit sich rumtragen. Der Punkt auf dem »i«, war ein kleines Herzchen.

2 1:45

Das Industriegelände lag am anderen Ende der Stadt. Schon seit Jahren erloschene Schornsteine reckten sich, wie schwarze, unheimliche Riesen in die klare Nacht. Der Mond hing wie eine riesige Grapefruit am Himmel. Keine Ahnung, wofür die heute verlassene Fabrik mal gut gewesen war, oder was sie produziert hatte. Auf einem der vielen grauen Dächer wuchs ein kleiner Baum. Auf anderen wucherte Unkraut. Einige Scheiben der riesigen Fensterfronten mussten von Randalierern eingeschmissen worden sein, oder waren durch die Witterung zerstört worden. Überall klebten schlechte Graffitis an den Wänden. Metallteile, wie Türen oder Geländer, waren vom Rost zerfressen.

Langsam manövrierte der Wagen auf den bekiesten Vorplatz. Man konnte das Knirschen unter den Reifen hören. Bereits auf den letzten Metern vor ihrem Ziel waren sie an allem möglichen Partyvolk vorbeigefahren, die alle zu der alten Fabrik pilgerten. Goths, Gruftis, EMOs, Waver, die Hardcore-Fraktion, Schwarzromantiker, Steampunks und wie sie alle hießen. Adam konnte das alles nie auseinanderhalten. Es sah ein bisschen so aus, als würden sie zu einer Halloweenparty, oder zu einer schwarzen Messe gehen. Die meisten waren in Schwarz gekleidet. Lack, Leder, Latex, Fetischklamotten, sonstige schwarze Stoffe. Oft zerrissen und halb vom Körper hängend. Einige wenige kombinierten ihre Outfits mit Neonfarben, seien es grüne Haare, pinke Moon-Boots oder andere neongelbe Accessoires. Adam meinte im Vorüberfahren auch ein Brautkleid gesehen zu haben, aber der Träger war ein Mann. Mit ihrem ganzen Schmuck und Gehänge, den Piercings und den umgedrehten Kreuzen, wären sie niemals durch eine Flughafenkontrolle gekommen. Nahezu alle von ihnen waren geschminkt, egal ob Frau oder Mann. Manchmal ganz weiß, einen Totenschädel aufs Gesicht gemalt, oder mit Kunstblut rot gefärbte Gesichter, oder andere an Horrorfilme angelehnte Fratzen. Die Frauen trugen in der Regel grobmaschige, teilweise zerfetze Netzstrümpfe und kombinierten das alles noch mit Fünfzigzentimeterplateausohlen und obenrum mit Korsagen, oder einfach einem passenden BH. Die angesagten Frisurentrends waren Glatze, Iro, Undercut, aber auch lange schwarze Mähnen. Mit ihren Zylindern, Fracks oder langen Ledermänteln sahen einige von ihnen aus wie Vampire. Adam mochte diese »Verrückten«.

Er hatte sich am Bahnhof ein Taxi genommen. Dem Fahrer hatte er nur knapp gesagt, wo er hinwollte, dann saß er auf der Rückbank und sprach die lange Fahrt kein einziges Wort mehr. Die Lichter der Großstadt schienen durch das

Fenster und erleuchteten sein Gesicht. Aber Adam schaute nicht hinaus. Er blickte auf den Boden, auf seine Hände, irgendwie ins Nichts. Je weiter sie das Stadtzentrum verließen, desto mehr nahmen die bunten Lichter ab. Nur noch alle paar Meter erhellte eine einzelne Laterne schummrig den Innenraum. Adam fühlte sich gut, aber auch irgendwie einsam.

Er dachte daran, wie er und Walther öfter mal ein Taxi genommen hatten. Sie waren gut drauf, hatten schon was getrunken und machten sich einen Spaß daraus, die Fahrer anzustacheln, schneller zu fahren. Sie hatten es gar nicht eilig, es war einfach der Übermut und der Alkohol, der aus ihnen sprach. Bis ein Fahrer ihnen einmal den Gefallen tat. Immer wieder hatten sie auf ihn eingeredet. »Ihr wollt, dass ich schneller fahre!?«, hatte er irgendwann erbost gefragt. Dann trat er das Gaspedal voll durch. Das Taxi ging mit quietschenden Reifen in jede Kurve und beschleunigte in den engen Straßen aufs Unermessliche. Zwischen den anderen Autos hindurch, immer die linke und rechte Spur wechselnd. »Ist das schnell genug!? Ist das schnell genug!?«, hatte der Fahrer über den aufheulenden Motor hinweg gerufen. Das Lachen war ihnen ganz schnell vergangen. Sie dachten, ihr letzten Stündlein hätte geschlagen.

Oder das eine Mal, wo sie sich auf einer Party vollkommen hatten zulaufen lassen. Adam konnte schon nicht mehr sprechen, Walther hatte dem Fahrer erklärt, wo sie hinwollten. Dann saßen beide stumm mit hängenden Köpfen auf der Rückbank. Und durch die Fahrt, das Abbremsen und Anfahren, die Kurven, Senken und Steigungen, wurde ihnen immer mulmiger. Adam erinnerte sich noch ganz genau, wie ihm sein Mageninhalt bereits im Halse stand und drohte überzulaufen. »Ich kotz jetzt hier hin. Ich kotz jetzt einfach hier vor mich hin. Ich kotze jetzt in dieses Taxi…«, waren seine Gedanken. Er dachte, er könne es keine Sekunde mehr halten. Als der Wagen endlich abrupt zum Stehen kam, öffneten sich in dieser Sekunde nur links und rechts die Türen, und Walther als auch Adam fielen, beide Fontänen speiend, auf die Straße. Es musste von einer gewissen Distanz fast symmetrisch, wie ein wunderschöner Springbrunnen ausgesehen haben. Am witzigsten aber fand Adam, dass Walther ihm am nächsten Morgen genau dieselbe Geschichte erzählte und wie er schon während der Fahrt mit seinem Mageninhalt zu kämpfen hatte. Man stelle sich das Gesicht des Fahrers vor, hätten Walther und Adam sich in dieser Nacht beide gleichzeitig ins Taxi übergeben. Am Morgen danach hatten beide Tränen bei dem Gedanken gelacht.

Adam stieg aus dem Wagen, heute mal ganz ohne Vorfälle. Bereits hier draußen konnte man das Wummern der Bässe spüren. Es war eigentlich noch ein bisschen zu früh, oft kam die Party erst so richtig in den frühen Morgenstunden in Gang, und so hingen draußen noch viele Grüppchen ab, quatschten, tranken und rauchten. Vor dem kleinen Eingang standen zwei große, schwere Ochsen. Die Türsteher. Auch Adam entzündete eine weitere Zigarette und reihte sich in die kurze Menschenschlange beim Einlass ein. Das Wummern der Bässe wurde immer lauter, je näher er kam. Er hatte es kommentarlos an dem Sicherheitspersonal vorbei geschafft und befand sich nun in einem kleinen, grauen

Vorraum. Am anderen Ende trennte ihn ein großer, dunkelroter Samtvorhang von der eigentlichen Party. Eine junge Frau blickte ihn freundlich aus dem vergitterten Kassenhäuschen an. Mit ihrem bleichen Teint und den schwarz geschminkten Augen und Lippen sah sie wie jemand aus, den man auf einer Gothic-Pornoseite im Internet finden würde. Ja, so was gab es auch. Aber ihr eigentlich hübsches Gesicht erinnerte ihn trotzdem ein bisschen an Sophie Soft – bis auf die riesigen Silikonbrüste.

»Ich bin allein…«, rief ihr Adam zu und sie riss ihm eine Karte ab.

Der Lautstärkenpegel der Musik hatte nun schon ein weit überdurchschnittliches Maß erreicht.

Während sie ihm sein Wechselgeld durch die kleine Öffnung schob, rief sie:

»Cooles Kostüm!«

Und Adam musste schmunzeln. Er musste aussehen wie ein Serienkiller, frisch nach einer Tat und viel hier somit gar nicht weiter auf.

Mit einer Hand schob er den schweren Samtvorhang beiseite und betrat endlich das große Areal. Die ohrenbetäubende Musik erschlug ihn förmlich und die Bässe schienen seine Eingeweide zu massieren. Es klang, als würden hunderte von riesigen Hämmern rhythmisch auf Ambosse schlagen und eine gigantische Bohrmaschine übernahm den Rest. Adam mochte es.

Die Halle war riesig. Bestimmt zwanzig Meter hoch. Von der Decke baumelten noch irgendwelche alten Schienen und rostige Ketten. Alles war dunkel und schummrig. Es war wirklich noch nicht viel los, hier und da ein paar schwarze Gestalten. Später würde man sich hier vor lauter Partywütigen durchdrücken müssen. Adam stand in einem Bereich, der alle weiteren Areale miteinander verband. Am anderen Ende konnte er die schmutzig-weißen Fliesen der Toiletten erkennen. Rechts von ihm musste die Chillout Area sein, von der er auf dem Flyer gelesen hatte. In Wirklichkeit war es ein kleiner, stinkender Raum, der einigermaßen von der dröhnenden Musik abgeschirmt war. Es lagen ekelhafte, versiffte Matratzen auf dem Boden und doch hatten sich schon einige Partygäste hierhin zurückgezogen. Bei dem Anblick musste Adam an diverse BDSM-Szenen denken oder an einen Snuff-Film, die er aber nur vom Hörensagen kannte.

Zu seiner Linken war ein weiterer Durchgang, zu einer größeren, dunklen Halle. Eine lange Bar befand sich an ihrem Ende und ein paar Besucher bewegten sich bereits rhythmisch zur Musik, die aus den Boxen schallte. Dies schien eine Art Dark-Pop und Wave-Area zu sein. Den Musikstiel würde man in der Szene wohl eher als »ruhiger« bezeichnen. Keine Ahnung, wie sich die Musik hier aber im Laufe der Nacht entwickeln würde. Wahrscheinlich würde der DJ hier am Ende Hardcore auflegen. Adam zog es aber zu den Bohrmaschinengeräuschen, die große Gittertreppe hoch, zum dritten und letzten Areal. Circa zwanzig Stufen musste er hinaufschreiten, bis er in die größte Halle kam. Er passierte eine Gruppe anderer Partybesucher.

»EY, KRASSES OUTFIT!«, rief ihm einer grinsend, mit erhobenem Daumen zu. Er selbst trug neongrüne Fellboots, eine zerrissene Strumpfhose, eine Art Lendenschurz sowie ein Netzhemd. Die Halle war riesig und musste fast die Hälfte der Fläche der gesamten Fabrik ausmachen. An dem Ende, durch welches Adam das Areal betrat, standen ein paar verlassene Stehtische. Hier und da ein paar Partygäste. Am anderen Ende war eine fast zehn Meter lange Bühne aufgebaut, auf welcher ein Liveact performte. Und hier herrschte nun tatsächlich schon reger Betrieb. Allerdings knubbelten sich die meisten Besucher vor der Bühne und betrachteten die Show, was den Rest der Halle beinahe leer wirken ließ. Und nun erkannte Adam auch, woher diese Bohrgeräusche kamen. Auf der Bühne stand tatsächlich jemand mit einem Schlagbohrer und bearbeitete damit brutal einen zwei Meter hohen Klotz Gasbeton. Die Geräusche ließ er über ein Mikrofon in irgendwelche Effektgeräte laufen, was diesen bizarren, unweltlichen Klang erzeugte. Er war nackt, bis auf die Springerstiefel und eine Schweißerbrille. Dazu trug er einen offensichtlich selbst kreierten Lendenschurz aus schwarzem Isolierband. Seine Haut war weiß von dem Betonstaub, und obwohl er bereits für genug Krach sorgte, schrie er immer wieder, mit rausgestreckter Zunge, in das Mikrofon. Auf der gegenüberliegenden Seite der Bühne stand das nächste Bandmitglied an einem Laptop und einem Synthesizer. Er bewegte sich im Takt, wie ein tanzendes Alien mit zu langen Gliedmaßen. Dazu trug er eine Maske auf dem Kopf, besser gesagt einen Umschnalldildo, sodass es aussah, als würde ihm ein schwarzer Penis anstelle einer Zunge aus dem Mund ragen. Im Zentrum der Bühne »sprang« der »Sänger« herum. Auch er war nackt, bis auf Springerstiefel und schwarzes Isolierband. Ein Streifen des Klebebands verbarg seine Poritze, wie ein Tanga, und führte nach vorne. Sein Skrotum hatte er einfach komplett in das schwarze Klebeband eingewickelt. »Viel Spaß beim Abmachen.«, dachte Adam nur. Außerdem hatte er sich mit dem schwarzen Band das Gesicht beklebt. Es sah aus, wie ein umgedrehtes Kreuz. Ein Streifen führte von der Nase bis hoch auf seine schwitzende Glatze, den anderen Streifen hatte er sich komplett über die Augen geklebt. Keine Ahnung, wie er sich orientierte. Dazu hielt er sich einen Megaphon-Sattelitenschüssel-Hybriden an den Mund, in welchen er hinein schrie, grunzte, jaulte. Sollte der Song einen Text gehabt haben, Adam verstand kein Wort. Das ganze Bühnentreiben war in rotes und lila Scheinwerferlicht getaucht, hier und da Stroboskopflackern. Der knüppelharte Beat war ansprechend, das musste man ihnen lassen. Und sie zogen einen auf jeden Fall in ihren Bann. Vor der Bühne betrachteten einige Gäste die Show, die meisten von ihnen tanzten zu dem Takt. Das Tanzen auf einer solchen Party muss man gesehen haben. Die Beine taten eigentlich nicht viel, vielleicht wurde zwischendurch mal eins angehoben, aber die Hüften, Oberkörper, Arme und Köpfe wurden rhythmisch, staccatoartig zum Beat bewegt. Es war beinahe so, als ob jeder seinen festen Platz hatte. In Reih und Glied. Wie eine Armee der schwarzen Seelen.

Adam zog es zu der langen Bar, die beinahe über die ganze rechte Seite der Halle reichte. Er schätzte zehn bis fünfzehn Bedienungen. Zwischen ein paar Gestalten, die ebenfalls gerade ihre Drinks zu sich nahmen, lehnte er locker mit einem aufgestützten Ellenbogen auf dem gebürsteten Metall. Normalerweise hätte es ihn zu einer der weiblichen

Bedienungen gezogen, einer, der ihr Korsett die Brüste beinahe bis unters Kinn quetschte. Heute war ihm egal, wer ihn bediente. Ein junger Kerl kam die paar Schritte auf ihn zu und hielt ihm sein Ohr hin.

»Wodka auf Eis.«, bestellte Adam.

»WAS!?«, schrie der Kerl.

»WODKA AUF EIS!«

Zügig bereitete er den Drink und stellte ihn vor Adam ab. Der betrachtete das zu einem Drittel gefüllte Longdrinkglas.

»MACH NEN DOPPELTEN!«

»WAS!?«

»MACH VOLL!«, schrie Adam, mit angeschwollenen Halsadern und deutete auf das Glas.

Der junge Kerl schien nur kurz mit den Schultern zu zucken und füllte dann das Glas bis knapp unter den Rand. Adam bezahlte, was auch immer der Typ gerade gesagt hatte und wendete sich wieder der Bühnenshow zu. Langsam nippend betrachtete er das Treiben. Nach einer Weile drehte er sich wieder dem Barmann zu:

»WIE HEIßEN DIE!?«, er deutete zur Bühne.

Eigentlich interessierte es ihn gar nicht, er wollte bloß ein bisschen Konversation machen. Der Typ wusste es offensichtlich selbst nicht, aber anstatt das einfach kund zu tun, schrie er schulterzuckend:

»HAPPYHAPPYJOYJOY!«, mit verzogenem Gesicht.

Es sollte kein Scherz sein, Adam ging ihm scheinbar einfach auf die Nerven. Der guckte im ersten Moment irritiert, aber antwortete dann:

»DANKE, DU ARSCHLOCH!«

Dem Typen war es egal, oder er hatte ihn einfach wieder nicht verstanden.

Er verließ seine Position an der Bar und schlenderte langsam, genau in die Mitte der Tanzwütigen, vor die Bühne. Er stand einfach nur da und verfolgte die Show. Eine Hand in der Hosentasche, mit der Anderen das Longdrinkglas umklammert. Um ihn herum flogen Arme, Köpfe wurden von links nach rechts und von oben nach unten geschleudert. Auf der Bühne hatte der eine mittlerweile den Schlagbohrer gegen eine Kettensäge eingetauscht. Langsam strömten nun immer mehr Besucher in die große Halle, aber Adam hatte immer noch gut einen Quadratmeter Platz um sich. Für einen Dritten musste es ein komisches Bild abgegeben haben, wie er zwischen all den feiernden Gruftis, in seinem besudelten Anzug einfach dastand. Keine Ahnung, ob er hier rauchen durfte, er steckte sich einfach eine an. Normalerweise hatte er auch immer gerne zu dieser Art von Musik getanzt und ein bisschen Energie und Frust abgelassen, aber heute war da nichts mehr. Heute entlockte es ihm nicht mal ein rhythmisches Kopfnicken. In einer alles übertönenden Klimax, in welcher die drei Bandmitglieder so aussahen, als würden sie übereinander herfallen – der mit der Kettensäge hätte bestimmt gewonnen – und das Stroboskoplicht für epileptische Anfälle hätte sorgen können, endete der letzte Song. Alle um Adam herum klatschten Beifall und johlten, während die drei nackten Gestalten sich langsam von der Bühne verzogen. Für einen kurzen Moment wurde es ruhig und man hörte nur noch das Gemurmel der Partygäste, bis wieder Musik aus den Boxen schallte. Der DJ überbrückte die Zeit um die Aufbauten für den nächsten Liveact. Der Mob um Adam setzte sich langsam wieder in rhythmische Bewegung. Er manövrierte durch die Tanzenden zurück zur Bar und orderte einen weiteren Wodka.

Melancholisch betrachtete Adam die Feiernden und wie viel Spaß sie offensichtlich hatten. Der Typ im Brautkleid hatte es inzwischen auch auf die Party geschafft. Eine Frau, die wie eine Domina gekleidet war, zog ihren Partner an einer Hundeleine hinter sich her. Er trug lediglich ein Fetischgeschirr sowie eine komplett schwarze Latexmaske, die nur am Mund einen Reißverschluss hatte. Eine stämmige Amazone, ein Rubensmodel, tanzte mit einer Freundin. Sie erinnerte Adam ein bisschen an eine kurz geschorene Maria More – bis auf die riesigen Silikonbrüste. Sie trug eine enge Korsage und es sah aus, als hätte sie ihren großen aber flachen Busen ins Bustier *gelegt*. Als würde sie zwei Fleischröhren vor sich hertragen. Sie schien sich zu amüsieren. Auf der Bühne fanden weitere Umbaumaßnahmen statt. Helfer schleppten den verstümmelten Gasbetonklumpen davon, während weiter die harte Musik aus den Boxen dröhnte.

Adam nahm die Treppe hinab zum unteren Areal. Dort bot sich ihm ein ähnliches Bild. Die Halle war nun schon gut gefüllt und alle bewegten sich im Takt zu donnernden Klängen. In dem bläulich flackernden Licht, sahen alle Bewegungen irgendwie abgehakt aus. Zu späterer Stunde würde hier das Kondenswasser nur so von der Decke tropfen. Adam suchte sich einen Platz in einer der Ecken und lehnte erschöpft an der Wand. Er war müde. Wie hypnotisiert betrachtete er das Treiben und steckte sich eine neue Zigarette an. Keine Ahnung, wie lange er einfach dastand, oder wie viel Zeit vergangen war, jedenfalls blieb es nicht seine einzige Kippe und nicht sein letzter Drink. Schließlich entschied er sich, wieder nach oben zu gehen. Vielleicht stand ein neuer Liveact auf der Bühne. Er stieß sich gerade von der Wand ab, als ein hübsches Mädchen aus der Menge auf ihn zu kam. Sie erinnerte ihn ein bisschen an Gracy Grapefruits – bis auf die riesigen Silikonbrüste. Hätte sie nicht diese Mega-High-Heels getragen, wäre sie gut zwei Köpfe kleiner als Adam gewesen. Ansonsten trug sie zerrissene, schwarze Strümpfe mit den passenden Strapsen, zu einem knappen Höschen. Ihren Oberkörper zierte nur ein BH. Mit starken, schwarz geschminkten Augen und traurig aufgesetztem Blick, hielt sie Adam eine Krawatte entgegen. Ihre Krawatte. Der Knoten musste sich gelöst haben. Und da sein Schlips noch einigermaßen um seinen Hals baumelte, hatte sie ihn als helfende Hand auserkoren. Wenn sie wüsste, wie lange Adam heute Morgen für diesen scheiß Knoten gebraucht hatte. Er nahm ihre Krawatte an sich, steckte sich die halbe Kippe in den Mundwinkel und bedeutete ihr mit erhobenem Zeigefinger, den er kreisen ließ, sie solle sich umdrehen. Dann legte er seine Arme um sie und probierte einen Windsorknoten, ohne ihr dabei mit seiner Zigarette die Haare zu versengen. Während er so an ihr rumfummelte, begann sie plötzlich ihren süßen, kleinen Arsch gegen seine Lenden zu drücken und ihn im Takt der Musik zu bewegen. Sie roch nach Patschuli. Adam spürte, wie sein Penis langsam zu einem harten Rohr wurde, als sich ihre festen Backen von links nach rechts bewegten. Es fiel ihm schwer, sich wirklich auf das Knoten der Krawatte zu konzentrieren. Endlich war es vollbracht und die Kleine drehte sich wieder freudestrahlend zu ihm um. Der Schlips sah irgendwie komisch aus. Er musste die zweite Schlaufe vergessen haben und war nach der Ersten direkt zum eigentlichen Knoten übergegangen. Sie schien es nicht besser zu wissen und gab Adam, mit ihren dick bemalten Lippen, zum Dank einen Kuss auf die Wange, was einen schwarzen Abdruck hinterließ.

»DANKE!«, schrie sie ihm ins Ohr. »KANN ICH DICH AUF EINEN DRINK EINLADEN!?«, mit strahlenden Augen schaute sie ihn an.

»Nein.«, sagte Adam freundlich und schüttelte leicht den Kopf.

Dann ließ er sie stehen und setzte seinen Weg ins Obergeschoss fort. Mit einem Ausdruck des Entsetzens blickte sie ihm hinterher.

Wieder oben angekommen stand tatsächlich ein neuer Liveact auf der Bühne. Die Halle war mittlerweile so gut wie voll und Adam quetschte sich vorsichtig durch Feierwütige Vampire und Untote, bis er wieder circa in der Mitte des Pulks ankam. Er merkte nun, dass er schon viel Alkohol getrunken hatte, aber vom Besoffensein war er noch entfernt. Er hatte seine Leber in den letzten Tagen gut konditioniert. Auch die jetzige Band spielte harten Industrial-Sound, aber wesentlich melodiöser und mit eindeutig erkennbarem Gesang. Es war eine circa sechsköpfige Combo, mit einer blonden, langhaarigen Sängerin. In ihrem blauen Kleidchen, den weißen, zerfetzten Strümpfen und dem verschmierten Make-up, sah sie aus wie eine Zombie-Alice im Wunderland. Mit guter Stimme. Sie erinnerte Adam ein bisschen an Gina Jinx – bis auf die riesigen Silikonbrüste. Adam bahnte sich wieder mühselig einen Weg zur Bar, eine neue Zigarette entzündend. Wieder bestellte er einen Wodka auf Eis – die Bedienungen wussten inzwischen, dass sie das Glas vollzumachen hatten – und wartete gelangweilt auf die Lieferung.

»WAS GUCKST *DU* DENN SO TRAURIG!?«, es war die dicke Amazone mit den schwabbeligen Fleischröhren, die neben ihm stand.

Es war in keiner Weise böse gemeint, ganz im Gegenteil. Sie blickte ihn freundlich an und hatte nett gefragt. Aber Adam hatte einfach keine Lust mehr.

»GEH WEG!«, sagte er lediglich.

Ihr Lächeln wurde zum Erstaunen und verfinsterte sich dann immer weiter. Blitzschnell hob sie ihren Arm – der auch ein Bein hätte sein können – und schlug Adam mit der flachen Hand ins Gesicht. Es hatte eine solche Wucht, dass seine Zigarette in hohem Bogen hinter der Bar landete und seine Brille beinahe hinterher geflogen wäre. Während Adam sie wieder gleichgültig gerade rückte, stampfte sie davon. Es vergingen nur Sekunden, bis sich ein großer Gorilla mit Stiernacken vor ihm aufbaute. Seine Ohren waren auf gleicher Höhe mit seinen Schultern. »Security« skandierte es in gelber Schrift von seiner linken Brust.

»DER ABEND IST FÜR DICH VORBEI! DU GEHST JETZT BESSER!«

Adam hob lediglich den Daumen seiner rechten Hand und signalisierte »Alles klar«. Er hatte seiner Meinung nach nichts Unrechtes getan, aber es war ihm auch egal. Er wusste, dass das Spiel so lief. Gemächlich bahnte er sich seinen Weg die Stahltreppe hinunter zum Ausgang, eng gefolgt von dem Gorilla. Vorbei an den vielen, ihn anstarrenden Augen, die ihm ebenso egal waren.

00:13

Er hatte wieder ein Taxi zurück, Richtung Stadt genommen. Sie hatten gerade das nördlichste Viertel erreicht, als Adam den Fahrer aufforderte, auf dem Parkplatz eines kleinen 24h-Liqueur-Shops zu warten. Der Laden war menschenleer. Adam kaufte eine Flasche Wodka, die ihm der Verkäufer in eine braune Papiertüte einpackte. Wieder auf dem Parkplatz ging er zurück zum Taxi, das mit laufendem Motor auf ihn gewartet hatte.

»Ich laufe von hier. Was macht das?«, fragte Adam durch das geöffnete Fenster.

»Sicher Junge? Keine schöne Gegend…«

»Ich hab's nicht weit…«

Dann bezahlte er den Fahrer mit einem großzügigen Trinkgeld und der gelbe Wagen brauste davon. Die Nacht war kalt geworden und Adams dünner Anzug spendete nur unzureichend Wärme. Doch irgendwie genoss er es. Er genoss den kalten Wind auf seiner Haut und wie sich seine kleinen Härchen aufstellten. Tief zog er die eisige Luft ein und stieß sie kräftig wieder aus. Seine Lunge rasselte. Es fühlte sich an, als ob die Kälte seinem geschundenen Körper und seinem Kopf, in dem sich langsam alles angefangen hatte zu drehen, guttat.

Lange lief er durch die leeren, dunklen Straßen. Er hatte wieder eine brennende Kippe im Mund und den Deckel der Wodkaflasche hatte er in eine seiner Taschen rutschen lassen. Hin und wieder nahm er einen Schluck aus der braunen Papiertüte. Seine Füße schmerzten. Trotz der sündhaft teuren Lederschuhe mussten sich langsam Blasen an seinen Versen gebildet haben. Die Gegend war wirklich alles andere als schön. Billige Wohnblocks, in denen hunderte von Parteien leben mussten, zu wenig Geld, um die Gebäude oder die Straßen instand zu halten. Verwahrloste Parks und Spielplätze, die eher Müllhalden glichen. Jemand schlief auf einer Bank. Ein paar wenige Gestalten hatten seinen Weg gekreuzt, die manch einer wohl als unheimlich bezeichnet hätte. Adam tangierte es nicht. Ein zotteliger Typ, in einem grünen Armeeparka, hatte ihn nach einer Zigarette gefragt und Adam hatte sie ihm bereitwillig hingehalten. Er ging an einigen schäbigen, leeren Spelunken vorbei und an einem rot beleuchteten Erotikladen, aus dessen Fenstern ihn Fotos von Abigale Absolut, Victoria Williams und Sissi Sensual anlächelten. Ein verlassenes Sexkino war mit Brettern barrikadiert. Die Lichter und Leuchtreklamen nahmen allmählich wieder zu. Aber es waren alte, matte Lichter, nicht wie die modernen, bunt strahlenden, im Stadtzentrum. Sie skandierten »XXX-Live-Show« und »Tabledance«. Ein halbkahler Mann, mit Sonnenbrille und hochgeklapptem

Kragen, trat aus einer Tür, über welcher die Worte »Live-Girls« leuchteten. Unter einem Schild, auf dem einfach abwechselnd drei große X aufblinkten, stand ein Türsteher, der Adam beim Vorbeigehen misstrauisch begutachtete. Aus dem Laden dröhnte laute Musik.

Er war noch nie in dieser Gegend gewesen. Er hatte es immer für eine Legende gehalten, wenn darüber gesprochen oder gescherzt wurde. »Warst gestern wohl wieder zu lange im Nordviertel, HAHAHA…«, feixte man, ohne wirklich zu wissen, was sich dort eigentlich abspielte. Irgendwie kannten es alle nur vom Hörensagen, aber das Gerücht wurde immer weitergetragen. Wie damals, als sie noch Kinder waren und alle erzählten, dass die alte Frau, die in dem gruslingen, verwachsenen Haus am Ende der Straße wohnte, kleine Jungs fressen würde. Mit angehaltenem Atem waren sie immer daran vorbeigerannt, wenn ihr Weg sie zufällig an dem Grundstück vorbeiführte. Angsterfüllt, als wäre der Teufel hinter ihnen her. Später hatten sie eine Mutprobe daraus gemacht, wer sich traute am nächsten an den verfallenen Zaun heranzugehen. Der Legende nach hatte ein Junge ihn einmal berührt und wart darauf nie mehr gesehen.

Heute war Adam bewusst in diese Gegend gekommen, und wie er feststellte, waren alle Legenden offensichtlich wahr. Das Rotlichtviertel, die Amüsiermeile, das Milieu, wie immer man es nennen mochte. Hier und da sah man verstohlene und vermummte Gestalten. Nur wenige Autos fuhren vorbei. Eins, in dem sich ein paar angetrunkene Jugendliche offensichtlich nur einen Spaß machten, durch das Rotlichtmilieu zu fahren. Aus den offenen Fenstern dröhnte Musik, sie riefen irgendwas und lachten. Vor einem Laden, dessen Schild »Girls, Girls, Girls« skandierte, standen zwei Türsteher, unterhielten sich und rauchten. Ein Club reihte sich an den Nächsten. Aus jeder der halb offenen Türen wummerten Bässe. Adam wanderte irgendwie ziellos durch die schwachen Neonlichter und über die dreckigen Gehsteige. Was wollte er eigentlich hier? Was hatte er sich erhofft, dass passieren würde? Wollte er die Zeit einfach noch ein bisschen aufschieben und die Nacht auskosten?

Am anderen Ende der Straße zog auf einmal eine grölende Gruppe von Männern Adams Aufmerksamkeit auf sich. Sie waren gerade um eine Ecke gekommen, hatten Bierflaschen in den Händen, unterhielten sich laut und lachten. Acht bis zehn Personen schätzte Adam. Einer von ihnen in einem übergroßen, gelben Hähnchenkostüm, nur sein Gesicht war unbedeckt. Ein Junggesellenabschied und sie kamen geradewegs auf Adam zu. Wenn sie nicht vorher noch eine der Tabeldance-Bars betraten, würde er in gut zehn Metern genau in sie hineinlaufen. So viel Freude, so viel Kameradschaft, dachte Adam. Aber er verspürte nicht die geringste Lust auf den Kontakt mit der fröhlichen Truppe und bog in die erstbeste Seitenstraße ein.

Eine schmale, abfallende Gasse tat sich vor ihm auf. Sie war so lang, dass er das andere Ende nicht sehen konnte. Hier gab es keine Clubs oder Neonreklamen mehr, nur vereinzelte Laternen alle paar Meter. Einige von ihnen leuchteten schwach, andere nicht mehr. Die asphaltierte Straße ging in altes Kopfsteinpflaster über. Je weiter Adam ihr folgte, desto mehr nahm das Wummern der Nachtclubs auf der Hauptstraße und die grellen Lichter ab. Adam nahm einen großen Schluck aus der Wodkaflasche und steckte sich eine neue Zigarette an. Als er dachte, langsam die Hälfte der kleinen Straße erreicht zu haben, konnte er ihr Ende immer noch nicht sehen. Zu hören waren nur noch seine einsamen Schritte auf dem Gehweg, vorbei an dunklen Häuserwänden. Unter einer flackernden Laterne trat auf einmal eine Gestalt aus dem Schatten.

»Na? Wo wollen wir denn heute Nacht noch hin?«

Adam blieb stehen. Es war eine blonde Frau, mit nicht ganz schulterlangem Haar, hübschem Gesicht und schlanker Figur. Sie musste zehn oder fünfzehn Jahre älter als er gewesen sein. Keine Ahnung. Sie trug eine rote Lederjacke, in welche sie ihre Hände eingegraben hatte, sowie einen roten Minirock. Er war so kurz, dass man den Abschluss aus Spitze an ihren schwarzen Netzstrümpfen sehen konnte. Ihre Füße steckten in schwarzen Pumps und über ihrer rechten Schulter baumelte eine kleine schwarze Tasche an einer goldenen Kette. Unter der Jacke, deren Reißverschluss fast bis zum Bauchnabel aufgezogen war, blitzte lediglich ein schwarzer BH und volle runde Brüste. Sie erinnerte Adam ein bisschen an Do-me Good.

»Eigentlich nirgendwo mehr hin.«, lächelte er unschuldig.

»Na dann... ...hast du nicht Lust auf ein bisschen Unterhaltung, Cowboy?«, ihre vollen roten Lippen öffneten sich und sie schenkte ihm ein verführerisches Grinsen. Perfekte weiße Zähne. Ihre Augen blitzten.

Adam hielt kurz inne.

»Klar, warum eigentlich nicht. Ich heiße Adam.«

»Phoenix.«, sie reichte ihm die Hand. Perfekt manikürte Fingernägel.

»Phoenix?«, er blickte sie mit einer hochgezogenen Augenbraue an.

»Ja, nachts schon…«, lächelte sie. »Na dann komm mal mit Adam…«

Sie ging voran. Ihr fester Arsch schaukelte beim Gehen in dem engen Minirock hin und her.

»Ist dir nicht kalt?«, wollte Adam wissen.

»Ich bin das gewohnt, Schätzchen.«, lachte sie nur.

Nach wenigen Metern hatten sie ihr Ziel erreicht. Sie waren noch an weiteren Frauen vorbeigekommen, die Adam vorher gar nicht aufgefallen waren. Das Gebäude musste mal ein altes Hotel gewesen sein. Adam schätzte drei oder vier Etagen, detailverliebte Fassade, Wasserspeier. Aber der Zahn der Zeit hatte daran genagt, sichtliche Spuren und Verfall hinterlassen. Es musste mal prachtvoll und wunderschön gewesen sein. Phoenix ging die paar Stufen empor, öffnete die schmale Tür und ließ Adam eintreten. Er kam in einen Raum mit schummrigem Licht, der früher einmal die Rezeption gewesen sein musste und heute wohl immer noch so etwas Ähnliches war. Im Zickzack schwarzweiß gefliester Boden und ein Deckenfresko, dass man aber so gut wie gar nicht mehr erkennen konnte. An den Wänden hingen staubige, ausgeblichene Stoffe. In einer Ecke standen zwei schwere, große Sessel, an einem dunkelbraunen Beistelltisch. Die Polster waren alt und zerschlissen. Daneben stand ein leerer, angelaufener Sektkühler auf seinem Fuß. Hinter einem vergitterten Tresen, gut fünf Meter von Adam entfernt, saß ein grimmiger Mann mit tätowiertem Gesicht. Es war beinahe vollständig blau.

»Hi, Bobby.«, flötete Phoenix und holte sich einen Schlüssel bei ihm ab.

Dann ging sie nach links, zu einer Treppe, die nach oben führte und bedeutete Adam mit einer Kopfbewegung, ihr zu folgen. Ihr blondes Haar schien dabei, wie in Zeitlupe durch die Luft zu fliegen. Auf dem fleckigen, roten Teppich machten ihre Schuhe keine Laute mehr. Adam betrachtete ihre festen Waden, als sie vor ihm die Stufen hochschritt. Sie gingen weiter, lautlos einen schmalen Korridor entlang, an den hellgelben Wänden sorgten matte Wandleuchten für schwaches Licht. Die Füße sanken in den dicken Teppich, wie in einen Schwamm. Vor einer der rot lackierten Türen blieben sie stehen.

»Da wären wir…«, säuselte Phoenix und öffnete das Schloss.

In dem kleinen Zimmer setzten sich der rote Teppich und die gelben Wände fort. Sie betraten erst einen kleinen Flur, zur Rechten führte eine offene Tür in ein kleines Badezimmer. Phoenix stöckelte weiter geradeaus in den Hauptraum. Die Wände waren kahl. Beinahe der ganze Raum wurde durch ein großes Doppelbett ausgefüllt. Das Bettzeug war weiß und schien unbenutzt zu sein. Zum Fußende des Bettes blieb noch gut ein Meter breit Platz. In der linken, hinteren Ecke stand ein kleiner runder Tisch sowie ein hellbläulicher Sessel. Phoenix schloss das angelehnte Fenster, durch welches das Licht der Laternen fiel, und zog die schweren, schwarzen Samtvorhänge zu. Dann knipste sie das Licht einer kleinen Nachttischlampe an, die links neben dem Bett auf einem Schränkchen stand, was den Raum in ein schummriges, warmes Orange tauchte. Phoenix bewegte sich in dem Raum, als wäre sie hier zu Hause. Adam stellte die Flasche auf dem kleinen Tischchen ab und ließ seine Zigaretten danebenfallen. Er nahm in dem hellblauen Sessel Platz, während Phoenix zurück in das Badezimmer stöckelte und das Licht anschaltete. Er hörte, wie sie den Wasserhahn aufdrehte.

»Möchtest du dich vielleicht ein bisschen frisch machen?«, rief sie zu ihm herüber. Und weiter »Hattest du einen Unfall oder so was?«

»Lange Geschichte... ...ist halb so wild.«, er winkte ab, ohne, dass sie ihn sehen konnte.

»Sag mal... darf ich hier rauchen?«

Ein glockenhelles Lachen drang aus dem Badezimmer. Sie kam – immer noch grinsend – wieder in den Raum und ging zu dem kleinen Schränkchen. Die Lederjacke musste sie in dem kleinen Bad gelassen haben und trug obenrum nun nur noch den schwarzen BH. Ihre gepushten Brüste sahen enorm aus, aber für ihre Figur nicht unnatürlich. Sie holte einen gläsernen Aschenbecher hervor und platzierte ihn auf dem Tisch.

»Du bist süß... du darfst hier alles was du willst, Schätzchen...«, zwinkerte sie ihm zu.

Adam entzündete eine Zigarette und hielt sie Phoenix hin.

»Danke, Süßer.«

Dann zündete er sich selbst eine an. Sie setzte sich ihm gegenüber auf die Bettkante, sodass sich ihre Knie kurz berührten. Für einen Moment saßen sie bloß da, rauchten ihre Kippen, sie blickte ihm tief in die Augen.

»Und Adam? Worauf hast du Lust?«, säuselte sie nach einer Weile.

Adam hatte keine Ahnung. Er öffnete seinen Geldbeutel und betrachtete den Inhalt. Dann nahm er einen Fünfhunderter heraus und legte ihn auf den Tisch.

»Was bekomme ich dafür?«

Phoenix stieß sichtlich überrascht den inhalierten Rauch aus.

»Wow! Dafür lutsch ich dir sogar die Rosette, wenn du auf so was stehst!?«

Adam musste lachen. Phoenix lachte auch.

Irgendwie mochte Adam sie. Ihre verruchte, laszive Art, und dass sie offensichtlich kein Blatt vor den Mund nahm. Wie nett sie zu ihm war und wie sie sich um ihn kümmerte.

»Möchtest du vielleicht einen Wodka trinken?«, fragte Adam und befreite die Flasche aus der Papiertüte.

»Klar Baby, wenn dich das entspannt...«

»Ist nur leider nicht mehr kalt...«

»Kein Problem...«

Sie erhob sich und ging zu einem kleinen Kühlschrank, der rechts neben dem Bett stand. Als sie sich runterbeugte, um ihn zu öffnen, konnte Adam den Ansatz ihrer Pobacken sehen. Das machte sie absichtlich. Adam grinste. Kühles Licht viel auf sie, als sie dem kleinen weißen Kasten zwei kleine Sektflöten aus Plastik und einen Beutel Eiswürfel entnahm. Sie ließ jeweils zwei Würfel in jede der Flöten plumpsen, schloss die Kühlschranktür und brachte die

Kunststoffgläser zu Adam herüber. Er füllte sie bis zum Rand.

»Cheers.«, es gab kein Geräusch, als das Plastik aufeinandertraf.

Wieder saßen sie sich gegenüber, nippten an dem Wodka, der nur langsam kalt wurde, und rauchten die Zigaretten zu Ende.

»Möchtest du vielleicht ein bisschen Musik hören? Wir hätten hier Barry White, Madonna, Sade, Portishead…«, Phoenix war wieder zu dem Schränkchen gestöckelt und ließ ein paar CD-Hüllen durch ihre Hände gleiten.

»Portishead? Ist das nicht ein bisschen …ungewöhnlich?«

»Ist meine Lieblings-CD.«, lächelte sie Adam an.

»Ja… Portishead ist gut…«

Sie entnahm die silberne Scheibe, schritt galant um das Bett herum und legte sie in den kleinen, billigen Player, der auf dem summenden Kühlschrank stand. Dann stellte sie einen Song ein. Leise ertönte die Melodie, dann der Beat, dann begann Beth Gibbons auf ihre unvergleichliche Art, mit ihrer vor Sehnsucht flehenden Stimme, nach einer besseren Welt zu singen.

Phoenix kam, im Takt der Musik, langsam wieder zu ihm herüber. Dabei fixierte sie Adam mit ihrem verführerischen Blick und bewegte ihre Hüften zu dem schleppenden Beat. Elegant tat sie einen Schritt vor den anderen und kam immer näher, wie eine Raubkatze. Auf halbem Weg hielt sie kurz inne und ließ den roten Ledermini, wie in Zeitlupe nach unten gleiten. Unter ihrem flachen Bauch kam der schwarze String zum Vorschein. Einen Schritt vor Adam hielt sie an, weiter langsam zu der Musik tanzend. Er hätte sie berühren können, hätte er sich nach vorne gebeugt. Wie in Trance bewegte sie sich mit geschlossenen Augen weiter, als würde sie träumen. Als ob sie die Musik weit weggebracht hätte. Sie legte den Kopf zurück, behutsam nach links und rechtsdrehend. Ihre goldenen Strähnen streichelten ihren Rücken. Das Gesicht zur Zimmerdecke gereckt öffnete sie leicht ihren Mund, die Augen weiter verschlossen. Im Takt der Musik führte sie ihre Arme in die Höhe, ihre schlanken Beine in den Netzstrümpfen leicht bewegend, ihren Hintern langsam zum Beat wippend. Wie in Zeitlupe drehte sie sich im schleppenden Rhythmus auf der Stelle. Im Profil drückte sie ihre Wirbelsäule voll durch, ins Hohlkreuz, und streckte dabei ihren knackigen Arsch weit raus. Sie tanzte ästhetisch, ohne billig zu wirken. Als sie sich wie in Hypnose mit ihren Händen durch ihr Haar ging, zeichnete sich ihr Rippenbogen unter der makellosen Haut ab, ihre großen Brüste waren fest in den schwarzen BH gepresst. Weiter im Kreis tanzend, drehte sie Adam den Rücken zu. Ihre Kniekehlen leicht angewinkelt, hatte er nun genau ihre zwei im Takt schaukelnden Backen vor sich. Sie öffnete jetzt erst wieder die Augen und warf ihm, sich weiter zur Musik bewegend, einen verlockenden Blick über ihre rechte Schulter zu.

Es war absolut perfekt. Als wenn die Musik gerade der ausgeklügelte Soundtrack, genau für diese Szene in dem kleinen Hotelzimmer war. Als wäre das Lied genau für heute, genau für diesen Moment geschrieben. Phoenix hatte es zu ihrem gemacht und ging wunderschön darin auf.

Sie hatte die langsame Pirouette vollendet und beugte sich, weiter im Rhythmus bewegend, zu Adam herunter. Ihre vollen Brüste waren nun ganz nah, er konnte sie riechen und die winzigen Härchen auf der Haut sehen. Sie hauchte ihm einen Kuss auf die Wange. Beinahe hätten sich ihre Lippen berührt. Er konnte ihre Wärme spüren. Vorsichtig zog sie die Krawatte in einer Bewegung von Adams Hals – endlich zog ihm jemand dieses versiffte Ding ab – und ließ sie auf den Boden fallen. Dann vollführte sie weiter ihren sinnlichen Tanz.

Adam hatte es nicht gemerkt, aber er hatte die ganze Zeit regungslos, mit offenem Mund in dem hellblauen Sessel gesessen. Er hatte so etwas noch nie getan. Er war noch nie in einer solchen Situation gewesen. Noch nie beim Tabledance, geschweige denn bei einer Professionellen. Er kannte so etwas nur von seinem Laptopmonitor. Als Phoenix die CD einlegte, hatte er keine Ahnung was ihn erwartete, und dass es so wunderschön sein würde.

Sie tanzte wieder ihm den Rücken zugewandt, ihre Wirbel zuckten unter der Haut im Takt. Gerade war sie aus der Hocke langsam wieder hochgekommen, war mit ihrem Hintern nun genau vor Adam. Dann sank sie nieder und streichelte mit ihrem festen Arsch zärtlich seinen Schoß, im Rhythmus der Musik.

»Du kannst mich ruhig anfassen, Süßer… oder gefalle ich dir nicht?«, stöhnte sie. Sie klang irgendwie angetörnt.

»Doch…«, erwiderte Adam zögernd »ich finde dich wunderschön. …aber …ich glaube …ich möchte das jetzt gar nicht…«

Phoenix hielt inne und ließ sich auf sein rechtes Bein sinken.

»Ist alles klar?«, hauchte sie und blickte ihn an.

»Ja, absolut...«

Sie erhob sich langsam aus ihrer Position und atmete einmal schwer aus, als ob sie probierte, die Erregung wie durch ein Ventil abzulassen. Dann ließ sie sich wieder Adam gegenüber auf das Bett fallen und schlug die Beine übereinander. Dabei zog sie eine Zigarette aus Adams Päckchen auf dem Tisch. Sie blickte ihn freundlich, irgendwie erleichtert an, und Adam entzündete den Stängel.

»Möchtest du noch einen Wodka?«

Phoenix nickte zustimmend und Adam füllte die Gläser. Die Musik lief im Hintergrund weiter. Er blickte Phoenix an:

»Wow Phoenix... das war gerade... fantastisch. Einfach perfekt.«

»Danke.«, lächelte sie ehrlich.

»Woher kannst du so tanzen?«

Sie lachte leise »Ach weißt du, mit der Zeit eignet man sich so manches an. Früher hab ich nur mit dem Tanzen mein Geld verdient. ...und die Musik mag ich übrigens wirklich, das war vorhin nicht nur ein Scherz...«, sie stieß Rauch aus.

Auch Adam zündete sich langsam eine weitere Zigarette an.

»Warum tanzt du nicht mehr?«

»Tja Adam, was soll ich sagen... Schwanger, Kinder, es musste mehr Geld her... ach, und ich heiß übrigens Sophia.«, sie säuselte nun nicht mehr in diesem erotischen Ton, sondern sprach ganz natürlich.

Adam lächelte. Nach einer Weile fragte er:

»Wie alt sind deine Kinder?«

»Ricky ist sechs und geht jetzt das erste Jahr zur Schule ...er ist so ein intelligenter Junge. Ruben ist vier. Sie sind kleine Engel...«, Sophia klang stolz.

»Das hört sich toll an. ...und wo sind die beiden, wenn du...«, er wusste nicht, wie er es zu Ende formulieren sollte.

»Die Kleinen schlafen heute bei meiner Mutter. Einen Mann gibt es nicht...«

Adam reichte ihr den Aschenbecher und sie drückte die Kippe aus.

»Ähm... darf ich dich was fragen, Sophia?«

»Warum ich *das* hier mache?«, sie ließ ihren Blick durch das dämmrige Zimmer schweifen. »Ich weiß einfach nicht, was ich sonst machen soll. Ich habe nichts gelernt und die Bezahlung ist nicht schlecht... und die Jungs brauchen neue Sachen...«

»Aber... macht dich das nicht... kaputt? Ich meine, du siehst so toll aus...«

Sie lächelte »Danke, Adam. Aber weißt du, wenn man erst mal in diese Szene gerutscht ist, dann ist es gar nicht so einfach da von heute auf morgen wieder rauszukommen...«

Für einen Moment war es ruhig und sie nippten an den Plastikflöten. Dann fragte Adam:

»Und wie... stellst du dir das mit deinen Jungs in der Zukunft vor? Ich meine... sagen wir ...in ein paar Jahren?«

Sie überlegte kurz, bevor sie antwortete.

»Ich weiß es nicht. Man ist einfach in diesem verdammten Teufelskreis gefangen. Irgendwie kommt man da nicht mehr raus. Das ist alles eine Scheiße...«, sie klang erschöpft, irgendwie enttäuscht.

» ...aber jetzt sag du mir Adam, was hat *dich* heute Nacht in diese Gegend getrieben? Und wo siehst du dich in ein paar Jahren?«

Er dachte kurz nach.

»Um ehrlich zu sein nirgendwo...«, er lächelte. »Ich glaube, man könnte sagen... ich habe heute ...mein ganzes Schicksal und alles, was mir vorbestimmt war, geändert...«

Und dann erzählte er ihr alles.

Er erzählte ihr von seinem eigenen Teufelskreis, aus dem er nicht rausgekommen war. Von dieser Spirale, die ihn über Jahre immer weiter nach unten gezogen hatte, bis er am Boden lag. Er berichtete von Melanie, seiner Ex, der er immer noch jeden Scheißtag im Büro begegnen musste. Er erzählte von Schmidt und Walther, von seinen Arbeitskollegen, und dass er nicht mehr schlafen konnte. Er erzählte, wie jeder Tag zum selben beschissenen Tag geworden war und wie ihn das fertiggemacht hatte. Als er zum Suizid seines Vaters kam und über seine Mutter redete, wurde seine Stimme ganz zittrig. Auch Sophias Augen wurden glasig, als er darüber sprach.

Und dann kam er zum heutigen Tag. Staunend folgte Sophia seiner Geschichte. Wie er aufgestanden war, von seinem Ferrari und vom Tag im Büro. Er erzählte ihr von der Überraschung mit dem Video, das er in das Programm eingebaut hatte. Sophia wollte es erst nicht glauben, aber dann lachten beide Tränen beim Gedanken an die Situation im Konferenzraum. Er erzählte von Igor und dem Feuerlöscher im Treppenhaus. Wie er bei seiner Mutter gewesen war und wie es ihm jedes Mal das Herz brach. Er erzählte von Franky und Emma, und die Geschichte mit dem kleinen Kiosk. Von dem kleinen blonden Mädchen auf der Schaukel. Von Christine, wie dumm er gewesen war, und dass er sie verloren hatte. »Ich glaube, ich habe sie schon mal gesehen. ...hübsches Ding...«, hatte Sophia gesagt.

Sie hatte sich mittlerweile in eine Decke eingewickelt, die High-Heels ausgezogen und lauschte weiter gebannt den Worten. Hin und wieder stellte sie Zwischenfragen und Adam beantwortete alles. Er erzählte vom Tierpark und was er getan hatte.

»*Du* hast den Geparden aus dem Käfig gelassen?«, fragte Sophia nur ungläubig. »Ich habe davon in den Nachrichten gehört. Ich glaube, sie haben ihn wieder eingefangen... Vandalen, haben sie gesagt. Aber es hat auch sehr kritische Stimmen dem Tierpark gegenüber und der Tierhaltung gegeben... die werden sich jetzt rechtfertigen müssen...«

Er erzählte von der Party in der alten Fabrik und wie sie ihn rausgeschmissen hatten. Und wie er dann bei Sophia gelandet war.

Keine Ahnung, wie lange sie da einfach saßen und quatschten.

»Das ist absolut ...unglaublich, Adam. ...und ...jetzt? Was machst du jetzt? Was machst du morgen? ...wie geht es jetzt weiter?«

Adam überlegte.

»Ich denke, dass das überhaupt nicht wichtig ist, Sophia. Ich denke, man muss sich nur klarmachen, dass es immer irgendwie weitergeht. Dein Job... dein Gehalt, deine Wohnung... das ist alles ...scheißegal. Man macht sich von Sachen abhängig, die man eigentlich gar nicht braucht. Man will Menschen beeindrucken, die man eigentlich gar nicht mag. Man muss sich klarmachen, was einen glücklich macht und was nicht. Und wenn einen etwas belastet, ...dann kann man es einfach ändern. Es ist eigentlich so einfach... Das Leben wird irgendwie weitergehen... Und man kann damit in jeder Minute ...an jedem Tag anfangen. Es gibt da diesen Spruch, und so blöd ist der gar nicht, aber: Jeder Tag, ist der Erste vom Rest deines Lebens. ...verstehst du? Jeder Tag kann ein neuer Anfang sein. Und heute ist meiner. Und wenn ich das kann, ...dann kannst du das auch.«

Sophia blickte ihn wirklich ein bisschen so an, als hätte er ihr gerade die Augen geöffnet. Als hätte er gerade das Penicillin entdeckt. Als hätte er ihr gerade die ToE, die Weltformel erklärt.

»...wie der Phoenix aus der Asche...«, beide lachten.

Sie teilten sich mittlerweile die letzte Zigarette, ließen sie zwischen sich hin und her gehen und rauchten sie langsam. Die Musik war seit einer Weile zu Ende gegangen. Es war ruhig. Adam drehte die Glasflasche auf dem Tisch.

»Wir haben keinen Wodka mehr...«

Sie lachten beide leise.

»Wie spät ist es?«, Adam kramte sein Mobiltelefon hervor. »Ich glaube, ich muss jetzt langsam los...«, er erhob sich schwerfällig von dem hellblauen Sessel.

Auch Sophia stand vom Bett auf, die Decke über ihren Schultern. Ohne ihre High-Heels war sie jetzt viel kleiner und wirkte noch zärtlicher.

»Bleib doch einfach hier …wenn du willst. Du kannst hier schlafen…«

Adam betrachtete sie in dem warmen orangefarbenen Licht und wie hübsch sie war.

»Nein… ich muss noch nach Hause…«, er klang erschöpft und müde. Und irgendwie zufrieden.

»Bist du sicher? Es ist überhaupt kein Problem…«

»Ja. Ich muss noch was erledigen…«, er bewegte sich langsam in Richtung Tür.

»Hier, dein Geld.«, Sophia hielt ihm den Fünfhunderter hin.

»Auf keinen Fall! Ich möchte, dass du das behältst. …eigentlich…«, er griff zu seinem Geldbeutel und nahm die restlichen Scheine heraus »…hier. Nimm das bitte auch noch…«, er drückte ihr alles in die Hand.

»Nein, das geht nicht Adam…«

»Doch. Bitte.«, er überlegte kurz »…tu mir dafür einfach einen Gefallen…«

Sie blickte ihn fragend an.

»Mach doch für heute Schluss und fahr zu deiner Mutter. Für deine Jungs ist es bestimmt das Größte, wenn sie morgen an den Frühstückstisch kommen, und du da bist…«

Sie standen da und blickten sich noch einen Moment an. Dann trat sie einen Schritt auf ihn zu und umarmte ihn.

»Danke, Adam…«, er spürte, dass sie sich nicht des Geldes wegen, sondern viel mehr für die gemeinsame Zeit, für die gemeinsame Nacht bedankte.

Adam legte seine Arme um ihren Körper. Dann nahm sie sein Gesicht in ihre Hände und küsste ihn zum Abschied lange auf den Mund. Adam verließ das kleine Zimmer.

»Danke, Adam. Ich hoffe wir sehen uns mal wieder…«, sagte sie noch, ihm aus dem Türrahmen nachblickend.

Er lächelte sie zufrieden an und erhob die rechte Hand zum Abschiedsgruß. Dann Schritt er langsam und lautlos über den dicken, roten Teppich.

04:53

Es wurde bereits langsam wieder hell, als Adam seine Wohnung erreichte. Er hatte beinahe zwei Stunden für die knapp zehn Kilometer gebraucht. Aber er hatte sich auch Zeit gelassen, ging langsam und gemütlich, spazierte beinahe durch die kühle Nacht. Raus aus dem Rotlichtviertel und Richtung Stadtzentrum. Vorbei am 2PI, dessen Lichter erloschen waren. Adam hatte im Vorübergehen durch die Fenster geguckt und die Stühle und Barhocker betrachtet, die alle kopfüber auf den Tischen standen. Vorbei an dem kleinen Park, in welchem er auf der Schaukel gesessen hatte, ohne diesmal die Abkürzung hindurch zu nehmen. Er wirkte dunkel und geisterhaft. Er kam an der kleinen Seitenstraße vorbei, wo ihm der Pfandleiher die Uhr abgenommen hatte. Er erreichte den Bahnhof und passierte die Eckkneipe, in welcher er Cindy begegnet war. Auch der Pub war dunkel und menschenleer. Adam schritt vorbei am Hilton, wo er für die Organisation des Ehemaligentreffens zuständig war. Weiter, vorbei am Plant, wo er Christine zum ersten Mal gesehen hatte. Er kam zu dem Laden, in welchem er den Anzug gekauft hatte, bei der hübschen Verkäuferin. Wo war eigentlich seine Krawatte? Etwas weiter die Straße runter hatte er die Rolex gekauft. Weiter östlich von hier lag das Pflegeheim seiner Mutter. Vorbei an Franky's Kiosk und der alten Schule.

Die Stadt schien in diesen frühen Morgenstunden noch zu schlafen. Adam begegnete auf seinem ganzen Weg keiner Menschenseele mehr. Vereinzelte Autos fuhren an ihm vorüber. Er fühlte sich müde und allein.

Als er in seine Straße bog, war auch hier alles noch still. Die letzten Momente, bevor der neue Tag wirklich erwacht. Nur hier und da konnte man schon wenige, erhellte Fenster sehen. Durch die hohen Bäume um Adams Wohnung strich der kühle Wind, und es hörte sich an wie das Meer. Als kleiner Junge waren seine Eltern mit ihm manchmal am Strand gewesen. Er hatte es immer gemocht. Ein Schwarm Vögel saß in den Baumkronen. Sie zwitscherten ihre fröhlichen Lieder. Auf der anderen Seite des Hauses reichten einige der schweren Äste beinahe bis an Adams Schlafzimmerfenster.

Er schloss die Haustür auf. Aus seinem Briefkasten hing ein grauer Zettel oder Umschlag, dem Adam keine genauere Beachtung schenkte. Langsam schritt er die Stufen zu seiner Wohnung nach oben, ohne dabei das Licht im Treppenhaus anzuschalten. Er war so leise und leicht, dass der Hund seiner Nachbarin ihn nicht bemerkt haben musste. Die schmerzenden Blasen an seinen Füßen spürte er eigentlich gar nicht mehr. An seiner Wohnungstür klebte ein gelbes Post-it, auf dem irgendjemand etwas geschrieben hatte. Keine Ahnung. Adam betrat seine muffige Wohnung und ließ die Türe geräuschlos ins Schloss fallen. Stille. Hier war er also wieder.

An seinem Anrufbeantworter blinkte die rote Lampe. Adam trat in das unaufgeräumte Wohnzimmer und wischte mit dem Fuß einen fettigen Pizzakarton beiseite. Er zog das Jackett aus und warf es auf das braune Ledersofa. Dann nahm er die Manschettenknöpfe, mit den schwarzen Steinen, ab und legte sie auf den Wohnzimmertisch. Eigentlich hatten sie ihm viel besser gefallen als die Teuren, die er zu dem Anzug dazugekauft hatte. Die Hemdärmel krempelte er lässig, bis knapp über die Ellenbogen, hoch. Ob er irgendwo noch Wodka hatte? Der lange Spaziergang hatte ihn beinahe wieder komplett nüchtern gemacht. Er nahm eins der schmutzigen Gläser vom Tisch und begutachtete die leeren Wodkaflaschen zu seinen Füßen. Dann begann er die Verschlüsse aufzuschrauben und die Deckel landeten klackernd auf dem Boden. Alle Tropfen, die Adam noch in den einzelnen Flaschen finden konnte, sammelte er in dem Glas. Er ging in die Küche und kontrollierte auch hier die leeren Flaschen. Tatsächlich reichte es, um das Glas zu gut einem Fünftel zu füllen. Das waren zwei schöne Schlucke. Wenn er langsam trank, vielleicht sogar drei. Er öffnete das Eisfach des großen Kühlschranks. Die drei einzelnen Kammern waren alle leer. Keine Ahnung, wo der Eiswürfelbehälter war. Aber in einer der hinteren Ecken hatte sich in einer kleinen Rinne Eis gebildet. Mit einem dreckigen Messer brach er es in mehreren Bröckchen heraus und füllte sie in das Glas. Nun sah es beinahe aus wie ein richtiger Drink.

Gemächlich ging Adam wieder zurück ins Wohnzimmer. Seine Absätze klackten auf den Marmorfliesen. Das mit Wodka gefüllte Glas stellte er wieder auf dem Tisch ab. Er wendete sich der großen Schrankwand, auf der gegenüberliegenden Seite zu, in welcher der alte Fernseher vor sich hin staubte. In der rechten Seite des Schranks war die kleine Bar eingelassen. Und Adam öffnete die Holzklappe. Die Scharniere gaben quietschend den Inhalt preis. Die verspiegelte Kammer war komplett leer, bis auf eine große dunkelbraune Zigarrenkiste, mit schönen Perlmuttverzierungen. Kein Humidor, einfach eine hölzerne Zigarrenkiste. Adam entnahm sie mit beiden Händen. Er hatte schon vollkommen vergessen, wie schwer sie jetzt war. Dann schloss er die Barklappe wieder und das Quietschen ertönte rückwärts. Mit einem Schritt hatte er den Tisch wieder erreicht und stellte die Kiste darauf ab. Vorher musste er mit einer Hand über die Tischplatte wischen, um Platz zu schaffen. Papiere, leere Verpackungen und eine Fernbedienung, landeten auf dem Boden. Irgendwo knackte Plastik, wahrscheinlich eine CD-Hülle. Er hatte keine Ahnung, wie alt die Kiste wirklich war, aber er kannte sie schon sein ganzes Leben. Sie hatte seinem Vater gehört, der immer ein paar Zigarren darin aufbewahrte. Zu feierlichen Anlässen hatte er sich dann immer eine gegönnt. Zu Geburtstagen, wenn gute Freunde zu Besuch kamen oder zu Neujahr. Seine Mutter hatte den Rauch gehasst und Adams Dad musste zum Rauchen immer in den Garten oder die Garage gehen. Als er noch ein kleiner Junge war, hatte sein Vater ihn einmal ziehen lassen. Er hatte so lange gebettelt und gequengelt, bis sein Dad es endlich zuließ. Und Adam zog an der Zigarre und dachte er müsse sterben, so schlecht wurde ihm. Adam mochte die alte Zigarrenkiste.

Er nahm seinen Drink, schritt am Wohnzimmertisch vorbei und blieb vor der Fensterfront stehen. Auf der Fensterbank standen die Blumentöpfe mit den verwelkten Pflanzen. Am Horizont konnte man langsam die Sonne, als einen kleinen hellen Fleck, aufgehen sehen. Das verdreckte Fenster ließ sie nur so schimmern und glitzern. Der Himmel war ganz klar, auch heute kündigte sich ein weiterer schöner Tag an. Die Straße war weiterhin menschenleer. Er öffnete ein Fenster und die kalte Morgenluft strömte hinein. Die Vögel sangen. Dann nahm er einen Schluck aus dem Glas und ließ die Flüssigkeit beinahe eine Minute lang im Mund, bevor er sie runterschluckte. Bis seine Zunge sich ganz pelzig anfühlte und sein Gaumen taub war.

Adam tat die paar Schritte zurück zum Sofa und ließ sich mittig, in die eingesessene Kuhle des braunen Leders sinken. Da wo er immer saß. Unter der schwarz-weißen Johnny-Cash-Fotografie. Er lehnte zurück und legte den Kopf so auf, dass sein Gesicht zur Zimmerdecke gerichtet war. Wie viele Stunden hatte er nur auf diesem Sofa, vor dem Fernseher verbracht? Für einen Moment schloss er die Augen. Adam war müde. Erschöpft aber irgendwie zufrieden. Irgendwie war er glücklich. Er ließ ein paar Stationen des zurückliegenden Tages Revue passieren und lächelte. Es war ein guter Tag. Der Beste, den er erinnern konnte. Klar gab es viele schöne Erinnerungen aus seiner Kindheit, aber seitdem er in den Zwanzigern war, gab es da fast nichts mehr. Ein paar witzige Erlebnisse mit Schmidt oder Walther, mehr fiel ihm nicht ein. Alles war zu diesem matschigen Brei geworden. Und dann heute, ein Tag, ereignisreich wie ein ganzes Leben. Sein neues Leben.

Langsam beugte er sich wieder vor und klappte den Deckel der braunen Zigarrenkiste nach oben. Er mochte, wie sich das weiche Holz anfühlte. Der alte Geruch von Tabak stieg ihm süß in die Nase. Auf der Innenseite des Deckels war das Wort »Cigars« in schöner, verschnörkelter Schrift in den Stoff gestickt. Zum Vorschein kam die Desert Eagle aus poliertem Chrom. Das Licht fiel hell, wie auf einen klobigen Spiegel, mit Adams verzerrter Reflexion darin. Mit der rechten Hand hob er die Pistole, an ihrem schwarzen Griff, aus der Kiste. Sie wirkte riesig und war so schwer, dass Adam jeden einzelnen Muskel in seinem Unterarm spürte. Das mussten fast zwei Kilo sein. Sie sah edel und perfekt aus, wie ein wunderschönes, filigranes Schmuckstück. Sie fühlte sich hart und männlich an. Irgendwie hatte Adam sich schon immer zu Waffen hingezogen gefühlt, ohne dabei jemals eine in der Hand gehabt zu haben. Keine Ahnung warum, wahrscheinlich ein typisch unerklärliches Männerphänomen. Diese schönen, schlichten Werkzeuge, die eine so zerstörerische Kraft entfesseln konnten, faszinierten ihn. Wie ein Kind im Süßwarenladen hatte er in dem Geschäft gestanden und die ganzen Pistolen, Gewehre und Messer betrachtet. Für die Desert Eagle hatte er sich entschieden, weil sie ihm einfach am besten gefiel. Sie blitzte und glänzte nur so zwischen all den anderen matten

Handfeuerwaffen. Die Waffe, die er aus den ganzen Hollywoodfilmen kannte.

Als kleiner Junge hatte er einmal mit einem Gewehr geschossen. Es gehörte einem Freund seines Vaters. Sie waren zu dritt in den Wald gegangen und die Männer hatten ihren Spaß, bei ein paar Bierchen auf leere Glasflaschen zu schießen. Adam war an der Reihe und sein Vater erklärte ihm, was er zu tun hatte. Das Gewehr war beinahe genau so groß wie er selbst. Sein Dad fragte ihn, ob er bereit sei und Adam bejahte. Ein ohrenbetäubender Knall und der Rückstoß schleuderten Adam fast zwei Meter rückwärts durch die Luft, in die Arme seines Vaters, der ihn sicher auffing. Die Männer lachten und munterten ihn auf. Am nächsten Tag bildete sich ein großer schwarzer Bluterguss auf seinem Arm und auf der Schulter. Seine Mutter hatte geschrien vor Wut.

Adams Vater. Der Vater, der Suizid begangen hatte. Oder besser gesagt, der Suizid, den Adam für ihn begangen hatte. Sein Vater wollte nicht weiter darauf warten, dass ihn der Krebs langsam dahinraffte. Schon zu lange quälten ihn die Schmerzen und das immer wiederkehrende Bekämpfen von neuen Symptomen durch Ärzte, die das Unausweichliche doch nur weiter aufschoben. Adams Vater pendelte sprichwörtlich zwischen dem Krankenhaus und ihrem zu Hause. Immer mit dem Gedanken im Hinterkopf, dass das nächste Mal möglicherweise das letzte Mal ist. Dass er nicht mehr rauskommt. Aus dem groß gewachsenen, starken Mann von früher, war eine hagere, knochige Gestalt geworden. Ein zittriges, schwaches Wesen, das eigentlich nur noch in seinem Bett lag oder in seinem Fernsehsessel saß. Sein Vater wollte nicht, dass das Letzte was er sah, ein Krankenhaus war. Er wollte keine Last mehr für Martha sein. Und so weihte er Adam in seinen Plan ein. Seine Mutter hätte es niemals zugelassen. Sie musste Außenstehende bleiben. Die beiden hatten ja keine Ahnung, was es mit ihr machen würde. Auch Adam war erst geschockt, aber er verstand. Sie warteten auf einen Tag, an dem sich Martha wieder mit ihren alten Arbeitskolleginnen traf. Adam betrat die Wohnung seiner Eltern. Er wusste, dass sein Vater in seinem Sessel sitzen würde, die Beine auf den dazugehörigen Hocker gelegt. Und auch sein Vater wusste, wer da gerade durch die Tür gekommen war. »Hallo Sohn.«, hatte er schwach gesagt. Und doch klang es genauso freudig wie immer, wenn Adam zu Besuch kam. »Hallo Dad.«, hatte dieser erwidert. Eine Dokumentation flimmerte über den Fernseher. »Bereit?«, hatte Adam gefragt. Und sein Vater sagte: »Ja. Mach die Kiste aus und nimm mir das Ding ab.« Adam schaltete den Fernseher aus und befreite seinen Vater von dem Sauerstoffschlauch. Er zog die Vorhänge zusammen, auch wenn das Wohnzimmer von außen nicht einzusehen war. Sein Vater beobachtete ihn. »Was gibt's Neues?«, hatte er gefragt. Er lächelte. Und Adam hatte »Ach, nichts…«, geantwortet. Es gab nichts mehr zu sagen. Dann nahm er eins von den Kissen, die seine Mutter auf der Couch drapiert hatte, und stand über seinem Vater. Nochmals fragte er: »Bereit?«, und sein Dad sagte: »Ja. …kümmer dich gut um deine Mutter.« Und auch Adam sagte »Ja.« und aus irgendeinem Grund noch »Mach's gut.« Sein Vater atmete tief ein und wieder aus: »Dann los…«. Sie

227

blickten sich in die Augen: »Danke, Sohn…«. Und Adam drückte ihm, nach kurzem Zögern, das Kissen ins Gesicht.

Sie wussten, dass es nicht lange dauern würde. Dafür war sein Vater viel zu schwach. Und doch hatte Adam zu kämpfen, aber mehr gegen sich selbst, als mit seinem wehrlosen Vater. Dieser erhob seine linke Hand und umklammerte das Handgelenk seines Sohnes. Mit so viel Kraft, wie Adam es ihm gar nicht mehr zugetraut hatte. Er wusste, dass sein Vater ihn nicht abhalten wollte, sondern versuchte, ihm Kraft zu geben. Versuchte, ihn zu unterstützen. Versuchte zu helfen. Bis der Druck um Adams Handgelenk nachließ und letztendlich völlig erschlaffte. Es war vorbei.

Adam legte das Kissen wieder zurück an die Stelle, von der er es genommen hatte. Er befestigte den Sauerstoffschlauch wieder um das Gesicht seines Vaters, öffnete die Vorhänge, schaltete den Fernseher wieder ein und wischte sich die Tränen aus seinem Gesicht. Dann verließ er die Wohnung, fuhr nach Hause und wartete auf den Anruf.

Adam ließ das Magazin aus dem Schaft in seine linke Hand gleiten, so wie er es im Internet in einem Video gesehen hatte. Er betrachtete die kupferfarbene Kugel am oberen Ende und strich mit seinem Daumen gedankenverloren über das kalte Metall. Dann schob er das Magazin wieder zurück, bis es einrastete. Er legte die Pistole auf den Tisch. Das Hantieren mit der schweren Waffe hatte seine Muskulatur bereits ermüden lassen. Er nahm einen weiteren Schluck von dem Wodka und behielt ihn wieder lange im Mund.

Er hatte es schon den ganzen Tag gewusst. Er hatte es seit heute Morgen gewusst. Adam war klar gewesen, dass der erste Tag in seinem neuen Leben auch der Letzte werden sollte. Der Einzige bleiben sollte. Adam hatte abgeschlossen. Abgeschlossen mit seinem Leben, mit sich, mit allem. Er war frei. Hatte sich von allem befreit. Alles schien jetzt so friedlich, alles war gut. Adam fühlte sich leicht und zufrieden. Und er war so müde. Er war des Lebens müde. Er wusste nicht mehr, was er hier noch sollte und wofür das alles war. Er hatte nicht mehr dazugehört, hatte noch nie dazugehört, und auch nicht verstanden, worum sich alles drehte. Streben nach Erfolg? Freundschaft? Liebe? Fortpflanzung? Adam verstand nicht wofür. Um sich die Zeit bis zum Tod so gut wie möglich zu vertreiben? Bis man in einem Pflegeheim landete, wie seine Mutter, von allen verlassen, von allen vergessen und nur noch eine Last für andere. Adam fühlte sich doch bereits heute schon so. Worauf sollte er noch warten? Dass alles *gut* werden würde? *Was* sollte denn gut werden? Aus seiner Sicht gab es ja nicht mal etwas, das hätte gut werden können. All die Besitztümer und Müll, die er über die Jahre angesammelt hatte und die ihn auch nicht glücklicher gemacht hatten. Es war alles eine Last für ihn geworden. Das Leben war eine Last geworden. Er fühlte sich unglücklich, unverstanden, ungeliebt und einsam. Allein. Keine Ahnung, was ihm in seinem weiteren Leben noch bevorstand, aber es interessierte ihn auch nicht mehr. Er wollte es nicht wissen. Es war ihm egal. Ein neuer Tag war für ihn kein Geschenk, es war eine Qual. Er wollte nicht mehr jeden Morgen aufwachen. Jeden verdammten Tag.

Adam nahm die Waffe wieder in die Hand. Erschreckend, wie lächerlich einfach es gewesen war, an sie ran zu kommen. Der zwielichtige Typ hatte sie ihm einfach verkauft. Ohne Legitimierung, ohne Überprüfung, keine Fragen. Der Mann war wahrscheinlich einfach froh, ein bisschen schnelle Kohle zu machen. Adam sollte einfach in zehn Minuten hinter den Laden, in die kleine Seitenstraße kommen, dort überreichte ihm der Typ eine braune Papiertüte, als hätte er sich gerade ein paar Hamburger in einem Drive-in gekauft. Er bezahlte in bar und dem schmierigen Verkäufer leuchteten die Augen.

Adam zog den Schlitten der Waffe zurück und der Kolben spannte sich. Dann legte er den Sicherheitshebel um. Es hatte ihn amüsiert, dass ein kleiner roter Fleck auf dem Metall als Indikator für die gesicherte Waffe diente, und dass Grün die scharfe Waffe anzeigte. Er hätte es eher andersherum vermutet. Verrückte Waffenlobby. Grün signalisierte hier nicht Sicherheit, sondern quasi »Feuer frei!«. Der Hebel stand nun geradeaus. Grün. Die Pistole war schussbereit.

Im Internet hatte er gesehen, welch immensen Rückstoß die Waffe beim Schießen entwickelte. Er würde sie sehr fest halten müssen. Er wollte sich nicht das halbe Gesicht wegschießen und dann unfähig sein, es zu beenden.

Adam nahm den letzten Schluck aus seinem Glas und ließ ihn noch einmal genüsslich durch seinen Mund wandern, bevor er ihn runterschluckte. Er lehnte sich wieder in dem Sofa zurück. Sein Kopf lag entspannt auf der Lehne, sein Gesicht zur Zimmerdecke gerichtet. Dann führte er die Pistole mit seiner rechten Hand unter sein Kinn, sodass sie auf seinem Brustbein auflag. Es fühlte sich an wie eine Ewigkeit, bis er die schwere Waffe in Position hatte. Die kalte Mündung drückte in das weiche Fleisch. Er nahm die linke Hand dazu und hielt die Waffe nun so fest er konnte, in beiden Händen. Seine Muskeln spannten sich. Der Zeigefinger seiner rechten Hand an dem kleinen, silbernen Hebel.

Einmal atmete er noch durch. Adam hatte keine Angst. Keine Angst vor der Hölle, er war ja schon längst da. Er war vollkommen ruhig, vollkommen entspannt. Alles war gut. Beinahe ein Gefühl von Erleichterung, dass das hier nun alles ein Ende haben würde.

Dann drückte Adam den Abzug.

05:37

Es war nichts passiert.

Adam betätigte erneut den Abzug. Und immer wieder. Er ging ganz leicht, zu leicht, wie bei einer leeren Wasserpistole. Wippte herum, als hätte er keine Funktion. Adam lehnte vor und betrachtete die Waffe. Er lächelte, amüsiert von dem Szenario. Das konnte doch jetzt nicht wahr sein. Was war jetzt schon wieder? Der Schlagkolben hatte sich nicht bewegt, stand immer noch gespannt in Position. Der Abzug wackelte nur vor und zurück. Was hatte der Verkäufer gesagt? Adam probierte, die Worte in seinem Kopf wieder hervorzuholen. Es handele sich um ein älteres, gebrauchtes Model, das ab und zu Probleme mit dem Sicherungshebel hatte. Adam bewegte ihn ab, dann wieder auf. Von Rot auf Grün und wieder zurück. Tat dies ein paar Mal, bis er dachte zu spüren, dass sich in der Waffe etwas bewegt hatte. Der Hebel stand nun wieder auf Grün – Feuer frei! – und Adam übte mit dem Zeigefinger leichten

Druck auf den Abzug aus. Dieser wippte nun nicht mehr, sondern traf auf einen Widerstand.

Adam sank langsam wieder entspannt in die Couch. Er nahm die Waffe in die Linke und schüttelte seine rechte Hand kräftig aus. Dann brachte er die Pistole wieder beidhändig in Position unter sein Kinn auf seiner Brust. Er spannte erneut alle Muskeln an und atmete einmal kräftig durch. Ein letztes Mal.

Es war, als hätte er den alles erschütternden Schuss selbst noch gehört. Er schallte durch die Wohnung und das Haus und schien dröhnend wie ein Donner, über den ganzen Häuserblock und die Straße zu rollen. Irgendwo sprang eine Autoalarmanlage an. Ein Hund bellte. Aufgeschreckt erhob sich der Vogelschwarm aus den Baumkronen, wie eine Wolke, und zog flatternd in den klaren kühlen Morgenhimmel davon.